Le Club
des diseuses
de bonne aventure

LA FILLETTE
DISPARUE

Dotti Enderle

Traduit de l'américain
par
Nathalie Tremblay

Copyright © 2002 Dotti Enderle
Titre original anglais : The Lost Girl
Copyright © 2007 Éditions AdA Inc. pour la traduction française
Cette publication est publiée en accord avec Llewellyn Publications, Woodbury, MN

Éditeur : François Doucet
Traduction : Nathalie Tremblay
Révision linguistique : Isabelle Marcoux, Féminin Pluriel
Révision : Nancy Coulombe, Isabelle Veillette
Montage de la couverture : Matthieu Fortin
Mise en page : Sébastien Michaud
Design de la couverture : Kevin R. Brown
Illustrations : © 2002 Mathew Archambault
ISBN 978-2-89565-667-8
Première impression : 2007
Dépôt légal : 2007
Bibliothèque et Archives nationales du Québec
Bibliothèque Nationale du Canada

Éditions AdA Inc.
1385, boul. Lionel-Boulet
Varennes, Québec, Canada, J3X 1P7
Téléphone : 450-929-0296
Télécopieur : 450-929-0220
www.ada-inc.com
info@ada-inc.com

Diffusion
Canada :   Éditions AdA Inc.
France :   D.G. Diffusion
                Z.I. des Bogues
                31750 Escalquens – France
                Téléphone : 05-61-00-09-99
Suisse :   Transat - 23.42.77.40
Belgique :   D.G. Diffusion - 05-61-00-09-99

Imprimé au Canada

Participation de la SODEC. $O\text{DEC}$
Nous reconnaissons l'aide financière du gouvernement du Canada par l'entremise du
Programme d'aide au développement de l'industrie de l'édition (PADIÉ) pour nos activités
d'édition.
Gouvernement du Québec - Programme de crédit d'impôt pour l'édition de livres - Gestion
SODEC.

**Catalogage avant publication de Bibliothèque et Archives nationales du Québec et
Bibliothèque et Archives Canada.**

Enderle, Dotti, 1954-

    La fillette disparue

    (Le club des diseuses de bonne aventure ; 1)
    Traduction de: The lost girl.
    Pour les jeunes de 10 ans et plus.

    ISBN 978-2-89565-667-8

    I. Tremblay, Nathalie, 1969-   . II. Titre.

PZ23.E564Fi 2007   j813'.6   C2007-942131-8

Pour Doris Wade Varley

Un merci tout particulier à
Lynne McCloskey et à Jo Ellen Kucera

Table des matières

CHAPITRE 1

Une question de vie ou de mort

Déterminée, Juniper s'assit bien droite, plaçant la planchette sur le plateau de Ouija.

— Essayons de nouveau, Gena. Cette fois, concentre-toi ! dit-elle.

Gena prit une grande inspiration et hocha la tête. Aucune des filles ne posa la question à voix haute, puisqu'elles en

étaient à leur troisième essai. Elles placèrent leurs doigts légèrement sur la planchette. Juniper ferma les yeux et vida son
esprit. Un sentiment étrange s'empara
d'elle. C'était le même frisson qui la parcourait chaque fois qu'elle utilisait le
Ouija, ou n'importe quel autre de ses
instruments de divination. Elle n'arrivait
pas à l'expliquer, mais c'était toujours là.
Sa mère l'appelait son don, un phénomène
paranormal transmis de mère en fille dans
la famille depuis des générations.

« S'il vous plaît, dis-nous où est le
rétenteur de Gena ! » songea Juniper.

Quand le pointeur du jeu patina vers
la gauche, Juniper ouvrit les yeux. Il épe-
lait P-A-R-C.

Juniper s'effondra.

— C'est encore la même réponse, dit-
elle. Ce doit être la bonne.

— C'est impossible, argumenta Gena.
Je ne suis pas allée au parc depuis les der-
niers jours d'école. De plus, pourquoi
aurais-je apporté mon rétenteur là-bas ?

— Peut-être l'as-tu laissé tomber en te
sauvant de l'écureuil.

— Quel écureuil ? demanda Gena.

— Celui qui croyait que tu avais une tête de noix !

Des rires fusèrent de derrière un magazine. Leur amie, Anne, écoutait, allongée sur le lit.

— Bon, dit Anne tout en tirant sur son short trop court. Demain, nous irons au parc à vélo, pour y jeter un coup d'œil.

— Il ne peut pas être au parc ! gémit Gena.

— Bon alors, donne-moi la planche de Ouija, que j'essaie, dit Anne. Je peux peut-être formuler la question un peu différemment.

— Évidemment, dit Gena. Je connais déjà ta question.

Elle plaça le dos de sa main à son front dans un geste théâtral.

— Quel garçon de l'école est amoureux de moi ? ajouta-t-elle.

Anne leva les yeux au ciel.

— L'école est finie, Gena. Je me préoccupe plutôt des garçons à la piscine.

— Allez, dit Juniper d'une voix douce. Voilà la raison pour laquelle nous avons formé le Club des diseuses de bonne aventure, pour nous entraider lorsque l'une de nous en a besoin.

* * *

Juniper, Anne et Gena étaient amies depuis la petite école. Aucun autre trio de filles ne pouvait être si disparate. Un lien s'était toutefois tissé le jour où Juniper avait apporté sa boule numéro 8 magique à l'école.

— À quoi ça sert ? avait murmuré Anne en se penchant par-dessus son pupitre.

— Nous avons une interrogation « vrai ou faux », aujourd'hui, avait répondu Juniper. J'ai pensé vérifier mes réponses, avant de la rendre.

— *Tricher* ? avait lâché Anne.

— Chut ! avait fait Juniper en plaçant un index devant sa bouche. Je ne considère pas que cela soit de la tricherie. C'est un peu comme prévoir les réponses.

Anne avait froncé les sourcils.

— Tu crois que cela fonctionnera ?

— Il y a un bon moyen de le savoir.

Prenant le globe noir lustré dans le creux de sa main, elle l'avait bercé doucement à quelques reprises. Elle ne ressentait tout simplement pas le picotement habituel qui lui parcourait généralement la main lorsqu'elle tenait sa boule numéro 8. Elle s'était arrêtée, puis avait tourné la boule à l'envers. Le message triangulaire flottait doucement en surface. *Essayez de nouveau plus tard*.

— Tu ne l'as pas agitée assez vigoureusement, avait murmuré Anne un peu trop fort.

Juniper avait levé les yeux au ciel.

— Il ne faut pas agiter les instruments de bonne aventure, idiote ; les vibrations cosmiques disparaîtraient.

Était-elle la seule personne du coin à comprendre ces principes ?

Gena, qui était assise juste devant Juniper, s'était retournée.

— Tu devrais lui demander ce qui t'arriverait, si tu te faisais pincer.

Anne avait ricané, mais Juniper avait ignoré le commentaire.

Gena avait croisé les bras.

— Si tu es si bonne diseuse de bonne aventure, alors pourquoi n'as-tu pas tout simplement apporté ta boule de cristal ? avait-elle demandé.

L'esprit de Juniper avait vagabondé vers la boule de cristal dans la vitrine de la boutique nouvel âge. Elle avait été posée sur un coussinet de velours bleu marine et lui rappelait le reflet de la lune sur l'eau. Par contre, l'étiquette de prix lui rappelait qu'elle n'aurait jamais les moyens de se l'offrir.

— Parce que voilà une forme de divination que je ne possède pas, avait-elle soupiré.

— *Divina*-quoi ? avait demandé Anne.

— Divination. Des trucs pour dire la bonne aventure, quoi ! avait répondu Juniper.

Elle avait rangé la boule numéro 8 dans son pupitre, sous son manuel de sciences humaines ouvert.

— Tu as donc d'autres instruments du genre à la maison ? avait interrogé Anne avec curiosité.

— Bien sûr, avait répondu Juniper. Des cartes, des baguettes, des dés…

Anne et Gena s'étaient rapprochées. Juniper savait maintenant qu'elle avait piqué leur curiosité.

— Pourquoi ne viendriez-vous pas y jeter un coup d'œil, après l'école ? avait-elle proposé.

Ce qu'elles avaient fait. Deux ans plus tard, le Club des diseuses de bonne aventure était toujours aussi actif.

* * *

— Elle a raison, dit Gena à Anne. Le Club des diseuses de bonne aventure sert à ça, et si je ne retrouve pas mon rétenteur, mon père me tuera !

Juniper n'avait d'autre intention que d'aider Gena. Localiser des objets perdus de façon métapsychique relevait de son *don*. Pourquoi tout allait-il de travers, cette fois-ci ?

— Bon alors, donne-nous un indice, Gena, demanda Juniper. L'enlevais-tu pour dormir ?

— Non, non, je dois dormir avec cet horrible appareil.

— Je *sais* que tu le retires pour manger, dit Anne.

— Par contre, je le remets toujours ensuite, s'empressa d'ajouter Gena.

— Peut-être que « parc » a une autre signification, ajouta Juniper, en quête d'une explication.

— Comme quoi ? demanda Gena.

— Comme « parc de stationnement » ou « parc immobilier ».

— Ou l'« avenue du Parc », carillonna Gena, qui venait de comprendre.

— Ou la « station du Parc », ajouta Anne en hochant la tête.

— Vous voyez, dit Juniper d'un ton assuré. Nous avons beaucoup d'endroits à vérifier, demain. Jusqu'à quand peux-tu attendre, avant d'en informer ton père ?

Gena haussa les épaules timidement.

— Je n'en sais rien. Je peux peut-être m'en tirer jusqu'à la fin de semaine.

— Bien, dit Juniper, il n'y a aucune raison de s'inquiéter.

— Aucune raison de s'inquiéter ! explosa Gena. Nous n'avons que quelques indices de piètre qualité. Je ne suis pas allée à la station du Parc depuis que nous y avons conduit ma tante, la semaine dernière. Allez, Juniper, c'est toi, l'experte. Où est-il ?

Juniper se frotta les yeux de frustration.

— Je n'en sais rien, mais il doit y avoir moyen de le localiser précisément.

Elle tira un livre de bibliothèque d'une pile de magazines se trouvant à côté de son lecteur de CD. Le titre était *L'avenir est entre vos mains : techniques de divination*.

— Voyons s'il n'y a pas d'autres méthodes, dit-elle.

Les filles feuilletèrent maladroitement l'ouvrage.

— Regarde, dit Gena. Selon ce livre, il est possible de lire l'avenir dans un verre d'eau.

Elle indiqua une page qui montrait une femme regardant fixement dans une coupe d'eau. La femme tenait sa tête entre ses mains et semblait avoir gagné le gros lot.

— Cela s'appelle la « cristallomancie », dit Anne, en parcourant le texte du bout des doigts. C'est comme regarder dans une boule de cristal.

— Essayons-le ! s'écria Juniper en se précipitant vers la porte de la chambre.

— Attends ! Prends plutôt un bol, ajouta Anne. Comme ça, nous pourrons toutes regarder en même temps.

Juniper se hâta vers la cuisine. Elle choisit un bol en verre transparent qu'elle remplit à ras bord. Revenant tranquillement, en marchant prudemment, elle fit bien attention de ne pas en renverser une seule goutte. Elle redoubla de prudence, en le posant sur la table de nuit de sa chambre.

Les trois filles se mirent à fixer le bol comme s'il s'apprêtait à sauter pour se mettre à danser à tout moment. Puis, Juniper s'assit sur le bord de son lit.

— Bon, allons-y, dit-elle.

Elle se pencha vers l'avant et regarda fixement dans le bol. Son pouls s'accéléra.

On aurait dit qu'elle s'apprêtait à ouvrir une porte sur un autre univers. L'eau ondoya, et une goutte coula le long du bol.

— Attention, se plaignit-elle.

— Désolée, répondit Gena en reculant d'un pas.

Elle plaça ses mains en position de prière.

— S'il vous plaît, faites que mon rétenteur ne se trouve pas dans la benne à ordures de la pizzéria, murmura Gena.

Puis, ce fut le silence. Personne ne bougea. Aucun aboiement ne se fit entendre. Aucun piaillement non plus. Et dans ce silence, Juniper retint son souffle.

Elle fixa ardemment le bol, sans savoir si l'avenir apparaîtrait en surface ou au fond de celui-ci. Pourtant, elle savait que cela devait fonctionner. Sa vision se brouilla à quelques reprises, mais elle ne quitta jamais le bol des yeux. Le sentiment étrange s'empara d'elle, comme si une décharge électrique lui parcourait les veines. Puis, cela se produisit. Une image émergea en surface aussi doucement et sûrement que le message de sa boule numéro 8.

— Ça alors ! s'écria-t-elle. Je vois quelque chose.

CHAPITRE 2

La fillette
dans le bol d'eau

— Est-ce mon rétenteur ? demanda Gena.

— Non, c'est une fillette, dit Juniper.

— *Porte*-t-elle mon rétenteur ?

Juniper ne répondit pas. Elle continua à regarder fixement dans le bol d'eau. Le visage pâle d'une petite fille soutenait son regard. Juniper n'avait jamais vu cette fillette, mais son regard lui semblait familier, obsédant.

Juniper s'efforça de rester concentrée. Ses yeux commencèrent à piquer. Elle craignait de faire disparaître l'image en clignant des yeux. Et elle devait comprendre ce que cela signifiait. Qui était cette fillette ? Était-elle réelle ? Des larmes s'accumulaient sur les cils inférieurs de Juniper. Elle s'efforça de garder les yeux ouverts, mais elle finit par cligner des yeux. Du coup, le visage de la fillette disparut.

— Alors, qui est-ce ? demanda Anne.

— Je n'en sais rien, répondit Juniper en se frottant les yeux. Elle n'y est plus.

— Ce n'était probablement que ton reflet, dit Anne.

— Non, ce n'était pas ça.

Juniper regarda dehors à travers le rideau de dentelle qui habillait la fenêtre de sa chambre. Le soleil de fin d'après-midi évoquait le thé glacé sur la véranda, les parties de badminton dans le jardin et les nuées de moustiques. De longues ombres s'étiraient sur la rue. C'était une soirée d'été comme tant d'autres. Toutefois, Juniper ne se sentait pas comme d'habitude. Elle frissonnait.

— Alors, qui crois-tu que c'était? demanda Anne.

— Cela n'a aucune importance, ajouta Gena. As-tu vu mon rétenteur?

— Oublie ton rétenteur! s'écria Anne sèchement.

Elle se tourna vers Juniper.

— Pourquoi t'est-elle apparue, selon toi?

— Je n'en sais rien, répondit Juniper, soudainement troublée. J'en ai la chair de poule.

— Es-tu certaine que ce n'était pas ton reflet? demanda Anne.

— Ce n'est pas possible! répondit Juniper.

Toutes ces questions lui faisaient tourner la tête. Ses pensées filaient comme le sable dans un sablier.

— J'ai les cheveux et le teint foncés. Cette fillette avait les cheveux châtains et était blanche comme un fantôme.

— Alors, c'est peut-être ça, ajouta Anne. Si c'est un fantôme, nous pourrions organiser une séance et l'appeler.

— Et si je ne retrouve pas mon rétenteur sous peu, une séance sera la seule façon que vous aurez de communiquer avec moi ! ajouta Gena.

Le téléphone sonna.

Juniper tenta un sourire forcé.

— Peut-être devrais-je regarder de nouveau dans le bol pour savoir si c'est la mère ou le père d'Anne au téléphone, dit-elle à Gena.

— Ce n'est pas mon père ; il travaille jusqu'à dix-neuf heures.

Joy Lynch, la mère de Juniper, apparut dans l'embrasure de la porte.

— Anne, ta mère a téléphoné pour dire que c'était l'heure du dîner.

— Merci, dit Anne.

— Je devrais aussi y aller, ajouta Gena. J'ai promis à mon père de terminer le ménage de mon placard.

Après le départ des filles, Juniper s'assit sur son lit pour regarder encore dehors. Elle songea à la fillette, et des frissons lui parcoururent la colonne vertébrale. Était-ce un fantôme ? Juniper n'en était pas convaincue.

Les ombres de la soirée s'étaient fondues les unes dans les autres, lorsque sa mère l'appela pour dîner.

Juniper aimait habituellement l'heure du dîner, en été. C'était le seul moment où les membres de sa famille se réunissaient pour manger. L'année scolaire était trop chargée. Entre ses cours de danse et les séances d'entraînement de son frère, Jonathan, ils mangeaient habituellement dans la voiture après être passés au service à l'auto d'un comptoir de restauration rapide.

Ce soir, c'était toutefois différent. Juniper jouait dans son assiette. Des pensées étranges se bousculaient dans sa tête comme des élèves tentant de ne pas arriver en retard à l'école. Elle n'avait aucun contrôle sur les images qui allaient et venaient à leur guise.

— Juniper, as-tu entendu ta mère ? Elle t'a posé une question.

Elle n'eut pas besoin de regarder son père. Par sa voix, elle savait qu'il n'était pas content.

— Désolée, maman, qu'as-tu dit ?

— Je t'ai demandé si Gena allait à Chicago avec son père, la semaine prochaine.

— Ouais, mais ça ne lui plaît pas beaucoup, répondit Juniper en regardant sa mère tenir une rangée de petits pois en équilibre sur sa fourchette.

— Ils y passeront trois jours, et elle sera confinée à la chambre d'hôtel toute la journée tandis qu'il travaillera, ajouta-t-elle. Par contre, l'hôtel offre la câblodistribution ; ce ne sera donc pas si mal.

Juniper songea à Gena et à son rétenteur, ainsi qu'au visage dans le bol d'eau. Peut-être devrait-elle en parler à sa mère. Sa mère comprendrait. Après tout, les femmes du quartier arrêtaient tout le temps pour goûter au thé spécial de Joy Lynch. En fait, ce n'était pas son thé qui était spécial, mais bien ce qui restait au fond des tasses. Sa mère lisait dans les feuilles de thé. Cela faisait partie de la tradition familiale transmise de mère en fille. La boucle était bouclée, et c'était maintenant au tour de Juniper d'apprendre. Elle avait assisté à plusieurs lectures de sa mère, mais les dames étaient ennuyantes. Elles voulaient toujours savoir si leur mari allait avoir une augmentation de salaire ou s'ils partiraient en voyage.

Juniper décida de ne parler à personne de la fillette qu'elle avait aperçue dans le bol d'eau. Le lendemain, elle ne se souviendrait peut-être même pas de son visage. Elle recommença à jouer dans son assiette.

Après avoir nettoyé la table, elle refusa de participer à une partie de Monopoly familiale et s'affala plutôt sur le canapé. Elle se promena de chaîne en chaîne avec la télécommande, mais toutes les émissions de télévision semblaient être des reprises des émissions de Noël.

« Noël en juin, ce n'est tout simplement pas la même chose », songea Juniper.

Même en décembre, elle n'aurait pas eu le cœur à la fête. Elle éteignit le téléviseur et alla dans sa chambre.

Elle se glissa dans son lit et fixa les affiches sur le mur. Elle dormait dans cette chambre depuis qu'ils avaient emménagé dans cette maison, sept ans auparavant. Pourtant, ce soir, les choses semblaient différentes ; elles manquaient de familiarité. Elle attrapa le téléphone et composa le numéro de Gena.

— Allo ?

— Gena, c'est moi, dit Juniper.

— Es-tu *cinglée* ? murmura Gena. Si mon père se rend compte que je suis au téléphone après vingt-deux heures, il me tuera.

— De toute façon, il te tuera pour avoir perdu ton rétenteur. Ce sera donc une mort plus rapide et moins douloureuse.

— Qu'est-ce que tu veux ? demanda Gena.

— C'est à propos de la fillette que j'ai vue. Il y a quelque chose qui cloche. Je ne cesse d'y penser.

— Que devrait-on faire ? demanda Gena d'une voix un peu plus forte, cette fois.

— Je n'en sais rien, mais j'ai l'impression qu'elle tentait de me dire quelque chose. Peut-être devrions-nous nous pencher sur cette affaire, après avoir retrouvé ton rétenteur. Ça me préoccupe vraiment.

Juniper se sentit mieux d'être au téléphone avec Gena. Elle aurait voulu parler toute la nuit, mais elle savait que c'était impossible.

— As-tu une idée de son identité ? demanda Gena.

— Non, répondit Juniper en frissonnant. Mais elle me fait vraiment peur.

CHAPITRE 3

La recherche

Combattant le sommeil, Juniper ne pouvait s'empêcher de bâiller, au petit-déjeuner. Elle n'avait presque pas fermé l'œil de la nuit, et le peu de temps où elle avait dormi avait été tourmenté par des cauchemars. Sortir du lit tenait davantage de l'extraction d'un trou noir.

Elle se pencha sur son bol de céréales et regarda les cinq O détrempés qui flottaient à la surface. Ils semblaient pratiquer un quadrille. *Je vais, je vole, je vire et je viens.* Puis, comme s'ils étaient attirés par un aimant, ils se réunirent pour former une étoile en bordure du bol.

« Ces céréales tentent de me dire quelque chose », songea-t-elle.

À ce moment, Jonathan entra dans la cuisine en driblant avec son ballon de basket-ball.

Son maillot tombait sur son short, et ses jambes décharnées lui donnaient l'apparence d'une cigogne.

— Tu n'es pas censé faire ça dans la maison, lui rappela-t-elle.

— Bon, qu'est-ce que tu avais, hier soir ? demanda-t-il en haussant les épaules.

— Rien. Qu'est-ce que tu veux dire ?

Elle avait assez de préoccupations sans devoir subir un interrogatoire de la part de son nigaud de frère.

— Tu criais, dans ton sommeil. Tu n'arrêtais pas de réveiller tout le monde. Maman est finalement allée te voir en pensant que tu faisais peut-être de la fièvre. Alors, qu'est-ce qui s'est passé ?

— Rien, répondit Juniper en plongeant son regard dans son bol.

— Eh bien, quelque chose ne va pas, parce que tu hurlais comme un vieux chien de chasse.

Jonathan repoussa une mèche de cheveux mouillée de sueur de son front.

— Pourquoi es-tu ici ? demanda-t-elle avec irritation.

Elle s'était toujours demandé si sa mère n'avait pas eu Jonathan pour la punir.

— Ah oui, dit Jonathan, tes drôles d'amies t'attendent dans le jardin avant.

Juniper bondit sur ses pieds, puis se pencha de nouveau sur le message de son bol de céréales. Oh, tant pis, se dit-elle. Elle les ramassa toutes d'une cuillerée et avala le tout.

Juniper se précipita vers la porte d'entrée et l'ouvrit toute grande. Anne et Gena étaient assises sur leur vélo.

— Tu n'es pas encore habillée ! protesta Gena.

Juniper regarda le t-shirt bleu délavé avec lequel elle avait dormi.

— Bon, d'accord, donnez-moi juste une minute.

Elle fila dans sa chambre, et en deux minutes chrono, elle avait enfilé un short en jean et son t-shirt vert préféré. Brosser ses longs cheveux bruns prit la majeure partie du temps. Il y avait toujours des nœuds. Quand ils furent démêlés, elle lança la brosse et sortit rapidement.

Juniper attendit tandis que la porte du garage s'entrouvrait, découvrant Anne et Gena de l'autre côté. Elle sortit son vélo dans l'entrée.

— Bon, dit-elle, où allons-nous cher-cher en premier ?

— J'étais sur l'avenue du Parc, avant-hier, dit Gena. Je suis allée chercher des trucs au supermarché. J'aurais pu le perdre à cet endroit.

— Comment aurais-tu pu perdre ton rétenteur au supermarché ? demanda Anne.

— Je n'en sais rien, répondit-elle sèchement. Mais j'ai bien dû le perdre quelque part. Il n'a quand même pas disparu.

Ces dernières paroles piquèrent Juniper comme une abeille.

« Disparu. »

Elles résonnèrent dans sa tête. Elle hocha la tête pour les chasser avant d'ajouter :

— Arrêtez de vous disputer, et allons-y.

D'un même élan, les trois filles s'élancèrent et dévalèrent la rue à vélo.

L'avenue du Parc n'était qu'à six pâtés de maisons. Elles parcoururent donc la distance en peu de temps. Juniper aimait bien les vieux chênes qui habillaient le milieu de la rue tout en séparant les deux voies. Par contre, elle détestait que les gens y accrochent des affiches. Le chemin avait ainsi l'air d'avoir été vandalisé.

— Bon, voici le supermarché, dit Gena. Gardez les doigts croisés.

Juniper sentit un souffle froid dès qu'elle franchit les portes électriques.

— Par ici, dit Gena en indiquant l'allée numéro 7. C'est cette allée que j'ai empruntée, il y a deux jours.

Les filles s'approchèrent d'une grande femme élancée à la caisse.

— Excusez-moi, madame, dit doucement Gena. Je me demandais si vous aviez trouvé un rétenteur, l'autre jour.

— Pardon ? fit la dame en regardant Gena d'un drôle d'air.

— Un rétenteur, réitéra Gena.

— Vous savez, ajouta Anne, un appareil dentaire.

— Ah, les appareils dentaires sont dans l'allée numéro 9, répondit la dame avant de poursuivre son travail.

— Non, vous ne comprenez pas. Je crois avoir perdu mon rétenteur ici, l'autre jour. L'avez-vous trouvé ?

— Non, dit la dame.

Juniper prit la parole.

— Serait-ce possible de parler au gérant ?

La dame ne leva même pas les yeux. Du doigt, elle pointa par-dessus l'épaule vers le comptoir de courtoisie.

— Merci, dit Juniper.

La dame au comptoir de courtoisie portait un pull.

« Pourquoi les boutiques et les restaurants ajustent-ils leurs thermostats si bas, en été ? » se demanda Juniper.

— Puis-je vous être utile ? demanda poliment la dame.

Alors que Gena ouvrait la bouche, Juniper l'interrompit.

— Avez-vous un service des objets perdus ?

— Non, pas vraiment. Si quelqu'un égare un portefeuille, nous l'ouvrons pour découvrir son propriétaire, puis nous le lui rendons. Avez-vous perdu un portefeuille ?

— Non, dit Gena, mon rétenteur.

— Désolée, nous n'avons rien trouvé du genre.

— Merci, dit Gena en se retournant, les épaules voûtées.

Juniper était contente de ressortir au soleil. Elle commençait à se sentir comme une sucette glacée.

— Bon, et maintenant, où allons-nous ? À quel autre endroit es-tu allée, l'autre jour ?

— Hum, dit Gena, je suis allée à la crémerie prendre une collation chocolatée glacée.

— Bon ! dit Anne en ricanant. N'est-ce pas l'endroit par excellence où tu aurais pu retirer ton rétenteur ?

— Non ! j'ai mangé la barre en rentrant à la maison, dit Gena en tirant la langue à Anne.

Juniper enfourcha son vélo.

— Alors, tu aurais pu le laisser tomber par mégarde en rentrant à la maison, n'est-ce pas ? Devrions-nous vérifier les caniveaux ?

— Allons d'abord vérifier à la crémerie ; je prendrais bien une boisson gazeuse, dit Anne.

Juniper avait encore des frissons à cause du magasin, mais se dit qu'une boisson gazeuse était tout de même une bonne idée.

On apercevait la crémerie, du supermarché. L'enseigne, un grand cornet de crème glacée en métal affublé d'yeux et d'un sourire, semblait toujours chaleureuse, pour Juniper. Aucun samedi après-midi n'était complet sans un arrêt à la crémerie. C'était une tradition familiale qui datait d'aussi loin qu'elle se rappelait.

Tandis qu'elles roulaient vers le parc de stationnement, le cœur de Juniper ne fit qu'un tour.

— Oh non ! Voilà Beth Wilson et Nicole Hoffman. Les « jumelles snobinardes » !

— Salut Anne ! cria Beth.

Évidemment, Beth et Nicole parleraient à Anne, qui était meneuse de claque. Juniper se demandait parfois pourquoi Anne les côtoyait, elle et Gena. Non pas qu'Anne était snobinarde. Anne aimait tout le monde, et tout le monde l'aimait.

Anne descendit de vélo et se dirigea vers Beth et Nicole. Juniper et Gena demeurèrent en retrait. Pas besoin d'attirer les insultes. Juniper jeta un coup d'œil à Gena.

Gena fixait ses lacets et balançait son vélo comme si elle était perdue dans une autre galaxie.

Gena ne s'adapterait jamais à l'univers de Beth. Ses cheveux blonds tirant sur le roux n'avaient jamais l'air coiffés. Ils tombaient en mèches rebelles et lui couvraient parfois le visage. À l'école, en maintes occasions, Juniper avait tressé les cheveux de Gena après le cours de conditionnement physique, en lui laissant croire qu'elle le faisait uniquement pour passer le temps.

Juniper n'avait aucune idée des propos d'Anne et des jumelles snobinardes, et cela ne la préoccupait nullement. Elle désirait simplement que ces deux-là s'éloignent, pour que le Club des diseuses de bonne aventure puisse mener son enquête. Elle s'apprêtait à dire quelque chose à Gena quand elle remarqua que Beth et Nicole se dirigeaient vers elles. Gena se balançait de plus en plus fort.

— Bien, bien, si ce n'est pas la diseuse de bonne aventure, dit Beth à Juniper, la fusillant du regard.

— Salut, Beth, dit Juniper.

— Alors, dis-moi, diseuse de bonne aventure, as-tu jeté des sorts, dernièrement ? gloussa Beth, alors que Nicole émettait un ricanement odieux.

— Comment crois-tu avoir eu ce bouton sur le bout du nez ? dit Juniper, la fusillant à son tour du regard.

Les rires cessèrent.

— Viens, Nicole, dit Beth en se retournant. Voyons si ma mère peut nous conduire au centre commercial.

Elles évitèrent Gena comme la peste, mais avant qu'elles enfourchent leur vélo, Nicole lui cria :

— Hé, Gena, as-tu perdu quelque chose ?

La tête de Gena se releva si rapidement que Juniper eut peur qu'elle ne se blesse au cou.

Les jumelles snobinardes sautèrent sur leur vélo et s'éloignèrent.

Une fois à l'intérieur de la crémerie, les filles s'approchèrent du comptoir de service. Les employés ne furent pas plus utiles que ceux du supermarché. Encore une impasse.

Les filles commandèrent chacune une boisson gazeuse et s'installèrent à une banquette. Il était temps de faire le point.

Gena s'assit, remuant les glaçons dans son verre en ayant l'air d'avoir échoué à un important examen.

— Peux-tu penser à autre chose ayant rapport au mot « parc » ? demanda Anne.

Juniper haussa les épaules.

— Je suis à court d'idées.

Gena leva les yeux, l'air morose.

— Je crois que cela signifie que je serai confinée à la maison, quand mon père me grondera.

Anne sirota sa boisson gazeuse. Sa bouche formait un petit O.

— Nous le retrouverons.

— Bon, j'imagine qu'il nous faut fouiller les caniveaux, dit Juniper en finissant sa boisson gazeuse avant de jeter le verre aux ordures.

— Peut-être devrions-nous aller voir au parc, suggéra Anne tandis qu'elles se dirigeaient vers leur vélo. Même si Gena n'y est pas allée, peut-être que quelqu'un l'a ramassé et l'y a apporté.

— Vérifions d'abord en route, dit Gena. Je l'ai probablement tout simplement laissé tomber par mégarde, en rentrant à la maison. Vérifiez aussi dans la gueule de tous les chiens et chats errants !

— Beurk, voilà justement ce dont tu as besoin, ajouta Anne, un rétenteur à l'haleine de chien.

Les filles s'esclaffèrent en s'éloignant.

Elles pédalaient tranquillement. Gena et Anne s'entendirent pour vérifier le pavé, tandis que Juniper surveillait la circulation. Elle se dit qu'il serait bien pire de se faire frapper par un camion que de perdre un rétenteur.

Alors qu'elles croisaient de nouveau les chênes majestueux, Juniper scruta quelques-unes des affiches qui y étaient accrochées. Chaque affiche titrait soit « *PERDU* », soit « *TROUVÉ* », mais plus souvent « *PERDU* ».

« Peut-être devrions-nous poser une affiche, pour trouver le rétenteur de Gena », songea-t-elle.

Puis, Juniper freina brusquement. Son vélo dérapa de côté et Gena entra en collision avec sa roue arrière.

— Hé, protesta Gena, pourquoi t'es-tu arrêtée ?

Juniper ne répondit pas. Elle avait la gorge nouée. Elle fixait un groupe d'arbres droit devant elle.

Elle avait toujours eu l'esprit ouvert aux choses surnaturelles et à sa capacité à percevoir au-delà du réel, mais cette fois-ci, elle fut frappée de plein fouet.

— Qu'est-ce qu'il y a ? demanda Anne. Ça va ? Tu es aussi blanche qu'un caniche !

Juniper indiqua une affiche sur un arbre. L'affiche titrait simplement « *DISPARUE* », mais la photo s'en détachait comme un panneau d'affichage. Son cœur flancha.

— C'est elle, dit-elle. C'est la fillette du bol d'eau.

CHAPITRE 4

Disparue

DISPARUE
Laurie Simmons
__Âge__ : 9 ans
__Cheveux__ : châtain clair
__Yeux__ : bruns
Possibilité de fugue

Vue pour la dernière fois le mardi 16 juin,
elle portait un t-shirt jaune et un short

brun. Si vous avez des renseignements à son
sujet, veuillez communiquer avec le Service de
police du comté de Cullen, au 555-7770, ou
joignez le Centre des enfants disparus.

— C'est elle ? demanda Gena.

Juniper acquiesça de la tête ; ses mains
tremblotantes pointaient toujours l'affiche.

— Je dois y aller, geignit-elle.

Elle courut six ou sept pas en poussant
son vélo, avant de penser à l'enfourcher.
Elle pédala avec acharnement, se diri-
geant à toute vitesse vers sa maison, laissant Anne et Gena en plan au bord de la
route.

Quand Juniper arriva dans l'entrée,
elle ne prit même pas la peine de freiner.
Elle traîna le bout de son soulier sur le
gravier, puis sauta en laissant son vélo
tomber sur le sol. Elle se précipita dans la
maison sombre et fraîche.

Sa mère était dans la cuisine à plier la
lessive propre lorsque Juniper se laissa
choir sur une chaise du coin-repas. Elle
plia les bras et appuya sa tête sur la table.

— Juniper Danielle Lynch ! s'écria sa mère. Tu t'es encore promenée à vélo au plus chaud de la journée !

Juniper ne prononça pas un mot, alors que sa mère allait rapidement au réfrigérateur pour verser un grand verre de limonade.

— Tu es pourtant plus sensée que ça. Cherches-tu à attraper une insolation ?

Juniper prit de petites gorgées, pendant que sa mère retournait plier des vêtements. Son esprit était aussi brouillé qu'un casse-tête auquel il manque des pièces. Sa mère continua à rouspéter, mais Juniper ne l'écoutait pas. Le seul bruit qu'elle entendait était le bruyant claquement de l'horloge de la cuisine. Tic-tac, tic-tac ! Chaque déclic lui rappelait que l'avenir n'était jamais qu'à une seconde. Après quelques autres gorgées de limonade, elle retrouva la voix.

— Maman, as-tu entendu parler de la fillette qui a fait une fugue ? Elle s'appelle Laurie Simmons.

— Oui, c'est horrible, n'est-ce pas ? répondit sa mère.

— Est-ce que quelqu'un sait où elle est allée ?

Juniper craignait la réponse, mais elle devait tout de même poser la question.

— Pas encore. Les policiers sont à sa recherche. J'ai lu dans le journal qu'elle était en visite chez sa grand-mère.

Juniper observa sa mère plier des sous-vêtements. Chaque paire était pliée délicatement avec art. Juniper avait toujours détesté que sa mère les appelle des « dessous ». Pourquoi ne pouvait-elle pas les appeler des sous-vêtements, comme tout le monde ?

— Les parents de cette fillette doivent être vraiment inquiets, dit Juniper avant de prendre une autre gorgée de limonade.

— Voilà justement le problème, dit sa mère. L'article disait que puisqu'ils avaient des problèmes matrimoniaux, la fillette menaçait tout le temps de fuguer. Ils l'ont donc envoyée chez sa grand-mère pour un certain temps pendant qu'ils réglaient quelques trucs.

Juniper ferma les yeux et revit le visage qu'elle avait vu dans le bol.

« Si cette fillette a fait une fugue, songea-t-elle, elle est partie dans la mauvaise direction. »

— Ne pourrais-tu pas lire dans ses feuilles de thé ? Peut-être pourrais-tu voir où elle se trouve.

— J'aimerais bien, répondit sa mère en soupirant, mais la fillette devrait être ici, pour boire le thé. Et si elle était ici, elle n'aurait pas disparu, n'est-ce pas ?

— Tu marques un point, dit Juniper, qui se sentait un peu idiote d'avoir posé la question.

C'est alors que Jonathan ouvrit la porte-fenêtre et entra dans la cuisine.

— Est-ce qu'il reste de la limonade ? demanda-t-il en ouvrant la porte du réfrigérateur.

Juniper n'était pas d'humeur pour *lui*. Elle glissa de la chaise et se précipita dans sa chambre. Elle se laissa tomber si fort sur son lit que sa tête rebondit sur l'oreiller. Elle se sentit engourdie, couchée là à étudier les tourbillons du plafond. Les cercles s'entrelaçaient les uns dans les autres. Comme une chaîne.

« Encore des cercles », songea Juniper.

Quelques instants plus tard, Juniper entendit frapper à la porte d'entrée. Elle n'avait pas besoin d'une boule de cristal, pour prédire qui s'y trouvait. Des voix étouffées lui parvinrent.

— Bonjour. Est-ce que Juniper va bien ? demanda Gena.

— Vous m'étonnez, les filles !

« Oh, oh ! songea Juniper. Voici le sermon de maman. »

— Il doit déjà faire au moins 38 °C dehors, et vous êtes à vélo ! Je sais que vous avez plus de jugeote que ça, les filles. Un coup de chaleur, c'est du sérieux !

La voix de sa mère était de plus en plus forte, ce qui porta Juniper à croire qu'elles se dirigeaient vers elle. Elle se sentit un peu coupable. Simuler une faiblesse pourrait être une bonne excuse pour avoir laissé ses amies en plan de la sorte. La porte de sa chambre s'entrouvrit.

— Ça va ? demanda Gena en glissant sa tête dans l'entrebâillement de la porte.

— Ouais, entrez donc, crétines.

Gena et Anne entrèrent sur la pointe des pieds, comme si elles pénétraient dans une chambre d'hôpital. Madame Lynch entra derrière elles.

— Juniper, tu devrais manger quelque chose. Je vais aller vous préparer des sandwichs.

— Ça va, maman, dit Juniper tandis que sa mère quittait la chambre.

Anne ferma la porte.

— Nous avons lu l'affiche de l'avenue du Parc, dit-elle. Est-ce vraiment la fillette que tu as vue dans le bol d'eau hier ?

— Oui, répondit Juniper en s'assoyant, c'est elle.

Elle songea au visage de l'affiche et du bol d'eau. On aurait dit un montage « avant et après ». Mais après quoi ?

— C'est bizarre, dit Gena.

— À qui le dis-tu ? Je ne sais pas quoi en penser. Pourquoi me serait-elle apparue ?

Anne et Gena secouèrent la tête en s'assoyant au pied du lit de Juniper.

— Les policiers croient qu'elle a fait une fugue, leur dit Juniper.

— Crois-tu qu'elle tente de te transmettre un message ? demanda Anne.

— Je n'en sais rien, mais j'en ai la chair de poule. Si elle s'est enfuie, pourquoi la police n'arrive-t-elle pas à la retrouver ?

— Peut-être a-t-elle trouvé une cachette géniale, suggéra Gena.

— Pourquoi se cacherait-elle ?

— Peut-être cherche-t-elle à attirer l'attention, dit Anne.

— C'est réussi ! Je ne pourrai penser à rien d'autre tant que je ne l'aurai pas retrouvée, dit Juniper en se rongeant nerveusement les ongles.

— Toi ! dit Anne en lui ôtant les doigts de la bouche.

Elle examina les ongles rongés de Juniper et lui jeta un regard réprobateur.

— Cette fillette tente de me dire quelque chose. Je pense qu'il est temps que le Club des diseuses de bonne aventure passe à l'action.

— Un instant ! s'écria Gena en plaçant sa main comme un policier gérant la circulation. Tu vois une fillette flotter dans un bol d'H_2O, et cela devient subitement plus important que de retrouver mon rétenteur ?

— Bien, c'est une question de vie ou de mort !

Juniper n'arrivait pas à croire que Gena soit si égoïste.

— Tu n'en sais rien, argumenta Gena. Chaque jour, des enfants font des fugues.

— Ne me demande pas comment je le sais, dit Juniper. Je le sais, c'est tout. Bon, es-tu des nôtres, ou est-ce qu'Anne et moi devons démêler ça toutes seules ?

Gena plissa les yeux.

— D'accord, Sherlock, c'est toi, la spécialiste de la divination, mais nous n'abandonnons pas complètement mon rétenteur.

— Alors, qu'allons-nous faire ? demanda Anne.

— Je vais chercher les cartes de tarot, dit Juniper en sautant hors du lit.

Elle poussa une pile de jeux de société sur une tablette et attrapa un sac de satin jaune fermé par un cordon. À l'intérieur, elle saisit un jeu de tarot *Rider Waite*, son préféré. Chaque carte arborait une image colorée. Pour Juniper, le tarot tenait du livre d'images ; chaque carte racontait une histoire.

Les filles s'assirent en cercle sur le lit de Juniper.

— Trois cartes, dit Juniper en mélangeant les cartes.

Anne sembla surprise.

— Seulement trois ?

— Dans cette affaire, plus de trois sèmerait la confusion.

Juniper cessa de brasser les cartes et retourna la première. La Lune.

— La carte de la séparation, dit-elle, déçue. Dites-moi maintenant quelque chose que j'ignore.

Puis, elle retourna la carte de la Force.

— Hum, la pauvre enfant éprouve vraiment des difficultés. Ou il peut s'agir d'une force de caractère, dit Juniper en tentant d'avoir l'air de l'experte que Gena et Anne semblaient croire qu'elle était.

— Il s'agit peut-être de force physique, suggéra Anne. Qui sait, peut-être est-elle attachée quelque part.

Gena acquiesça de la tête.

Cette pensée donna des frissons à Juniper.

— Dernière carte, dit-elle.

Le huit de bâton.

Les trois filles fixèrent la carte comme si elle était écrite en chinois.

— Qu'est-ce que cela vous dit ? demanda Juniper.

— Un paquet de bâtons, dit Gena.

Juniper tourna la carte de côté pour l'étudier.

— Et maintenant, que voyez-vous ?

— Tu ne peux pas faire ça, dit Anne.

— Pourquoi pas ? demanda Juniper.

— Tu dois regarder les cartes de tarot à l'endroit ou à l'envers, pas de côté.

— Ce sont mes cartes, et je les lirai comme je l'entends. Alors, que voyez-vous ?

— Un paquet de bâtons, dit Gena.

— Essayez vraiment.

— Vraiment ? dit Gena en se frottant le menton : un paquet de bâtons.

La mère de Juniper revint avec des sandwichs au fromage fondu, des croustilles de maïs et de la limonade. Elle sourit, en voyant les cartes.

— Ne savez-vous pas, les filles, que l'avenir est plus excitant si vous ne le connaissez pas à l'avance ?

— Voyez qui parle ! dit Juniper en attrapant son assiette, la dame aux feuilles de thé !

Elles gloussèrent, pendant que la mère de Juniper leur donnait leur repas et quittait la chambre.

— Gena a raison, dit Anne, se couvrant la bouche pour manger. On dirait une pile de bâtons.

— La forêt ? demanda Gena.

— Peut-être un feu de camp, suggéra Anne.

— Non, non, je crois que Gena a raison, dit Juniper. Je crois qu'il s'agit d'arbres ou de quelque chose du genre.

Elle tenta de se concentrer.

— Le parc de bois d'œuvre ? dit doucement Anne.

— Oui ! s'écria Juniper en tapant sur le sol.

Elle sentait qu'elles étaient sur la bonne voie.

— Nous irons voir à l'ancien parc de bois d'œuvre. Il y a beaucoup de cachettes possibles, là-bas.

— Bien sûr, bien sûr, dit Gena en levant les yeux au ciel. Et ta mère nous laissera sûrement y aller. Cet endroit est un véritable cauchemar. Ce n'est pas un endroit très sûr, si tu vois ce que je veux dire.

— Elle n'a pas besoin de le savoir. Nous dirons que nous allons nous baigner chez Anne.

— Ne serait-ce pas un mensonge ? demanda Gena, un sourire en coin.

— Pas si nous allons vraiment nous baigner chez Anne. Nous ferons tout simplement un détour en route.

— Nous devrons nous arrêter chez moi prendre mon maillot, ajouta Gena.

— Pas de problème. Allons-y !

Les trois filles se mirent en branle comme le bouton avance rapide d'une télécommande. Juniper attrapa son maillot dans le tiroir du bas.

Anne prit le temps d'épousseter les miettes de sandwich sur le couvre-lit de Juniper.

Gena attrapa une autre poignée de croustilles de maïs tandis qu'elles sortaient en trombe de la chambre.

CHAPITRE 5

Défense d'entrer

Les filles clignaient des yeux, en conduisant leur vélo sous un soleil éblouissant. La chaleur formait des mirages sur le pavé devant elles, de petites flaques d'eau qui disparaissaient à leur approche. Juniper songea à la fraîcheur de l'eau de la piscine d'Anne et

relâcha la prise sur ses poignées de caout-
chouc ramollies par la chaleur.

La 3e Rue. Juniper eut du mal à croire
que cet endroit n'était qu'à quelques pâtés
de maisons de son quartier. Ses parents
l'évitaient comme la peste.

— Tiens-toi loin de là, dirait sa mère.
Cet endroit est rempli de drogués et de
voyous.

Juniper n'en était pas convaincue, mais
elle savait une chose : c'était un quartier
pauvre. Les rangées de cabanes étaient si
inclinées que Juniper pensait qu'un éter-
nuement pourrait les faire s'écrouler. Des
enfants sales jouaient pieds nus sous un
arbre. Un vieillard édenté leur souriait
d'une véranda avec un auvent vert. Vert
de moisissure. L'homme leur envoya la
main tandis qu'elles passaient devant lui.

Juniper songea qu'un panneau devrait
être installé au coin de la rue : *ATTEN-
TION, LA PEINTURE EST STRICTE-
MENT INTERDITE AU-DELÀ DE CETTE
LIMITE, PAR ORDRE DE LA POLICE DE
LA PAUVRETÉ.*

Le panneau « *DÉFENSE D'ENTRER* » les accueillit alors qu'elles tournaient dans l'entrée gravelée menant au parc de bois d'œuvre abandonné. Les filles dissimulèrent leur vélo derrière des buissons.

— Bon, dit Gena, comment entrerons-nous ?

La clôture de bois entourant la plus grande partie du parc de bois d'œuvre semblait récente et déplacée. Juniper indiqua l'ancienne entrée bloquée par quatre fils barbelés.

— Voilà par où nous entrerons.

Grimper sur le fil inférieur et tirer le troisième vers le haut permit de pratiquer une entrée suffisante pour que chaque fille s'y faufile à tour de rôle. Anne accrocha son short sur l'un des barbelés, mais Juniper le dégagea délicatement, avant que le tissu se déchire.

— Je n'arrive pas à croire que des gens appellent encore cet endroit un « parc de bois d'œuvre », dit Juniper.

Cela tenait davantage du désastre. Elle imagina que l'endroit pourrait être déblayé et transformé en joli parc ou en aire de pique-nique, mais seulement si quelqu'un y croyait. Juniper se demanda pourquoi cet endroit avait été abandonné.

— Ce n'est pas vraiment la bonne odeur de pin qui embaume le centre de rénovation Hal Woody, n'est-ce pas ? dit Gena.

— Pas du tout, dit Anne. On dirait plus un cimetière de vieux poteaux de téléphone et d'arbres pourris.

— Oui, dit Gena un peu trop fort. C'est ici que les pièces de bois viennent mourir !

— La résidence pour les vieilles bûches, dit Juniper, et les vieilles puces de sable.

Elle se pencha pour se gratter les jambes.

— Sortons des mauvaises herbes.

— Oui, dit Gena en rigolant. Ces mauvaises herbes, là-bas, semblent beaucoup plus accueillantes.

— L'endroit est infesté de mauvaises herbes, dit Anne. Dépêchons-nous de chercher cette fillette, pour ensuite aller nous baigner. Le coup de chaleur n'est pas très loin.

Les filles traversèrent les broussailles envahissantes sur la pointe des pieds, s'arrêtant çà et là pour enlever des broussins de leurs chaussettes.

— Tu sais ce qu'il manque, pour que cette aventure soit complète, Juniper ? dit Gena. Qu'un gros serpent rampe jusqu'à nous pour nous saluer !

Anne s'immobilisa.

— Voyons, Anne, poursuivit Juniper, la plupart des serpents ont beaucoup plus peur de nous que nous d'eux.

Au même moment, quelque chose bougea dans l'herbe devant elles.

— Bon, les filles, dit Anne. Ceci est dangereux. Je pense que nous devrions partir IMMÉDIATEMENT !

— Je ne partirai pas tant que je ne serai pas persuadée que cette enfant n'est pas ici, dit Juniper.

— LAURIE ! cria Gena.

Juniper couvrit la bouche de Gena d'une main.

— Es-tu folle ? Veux-tu que tout le monde sache que nous furetons dans les parages ?

— Désolée, dit Gena.

Du coin de l'œil, Juniper vit quelque chose bouger sous un gros amoncellement de bois.

— Par là, dit-elle.

Une pile de planches s'était écroulée. Celles-ci avaient roulé en un gros tas qui rappelait à Juniper un grand feu de camp.

— Allo ? chuchota Juniper tandis que les filles approchaient de l'amas à petits pas.

Elles se voûtèrent en même temps, tels des enfants pénétrant dans une maison hantée.

— Laurie, te caches-tu ici ? dit Juniper doucement.

Sous les planches, quelque chose bougea.

— Là ! cria Juniper, s'éloignant de ses amies.

Elle fit trois grandes enjambées vers l'avant, juste au moment où un gros rat s'échappait des pièces de bois en montrant ses dents effilées.

— C'est un rat... un chihuahua..., ou quelque chose du genre ! bégaya Juniper.

Elles poussèrent un grand cri.

Les filles s'enfuirent comme des coureuses sur piste franchissant des haies remplies d'échardes et de pointes rouillées. Les grandes broussailles frôlaient les jambes de Juniper, mais les puces de sable étaient le moindre de ses soucis. La sueur perlait sur son front et lui piquait les yeux. Elle utilisa le bord de son t-shirt pour l'essuyer. Quand sa vue redevint claire, elle comprit qu'elles étaient dans le pétrin. Le vieux Williams bloquait l'entrée. Elles étaient prises au piège, sans issue de secours. Du coup, le rat n'était plus aussi important.

Le vieux Williams, comme le surnommaient les enfants, était le plus lugubre vieux grincheux de la ville. Il habitait seul une maison à deux étages délabrée à côté du parc de bois d'œuvre. Des rumeurs circulaient voulant qu'il ait tué sa femme, qu'il ait déjà travaillé comme phénomène de cirque et qu'il mangeait des petits enfants au petit-déjeuner. Juniper avait grandi avec ces légendes urbaines, le vieux Williams tenant la vedette dans chacune d'elles. Pour l'instant, il se tenait devant elles vêtu d'un t-shirt taché, d'un jean coupé sale et d'une casquette crasseuse.

Les filles cessèrent de courir et se traînèrent les pieds sur l'entrée gravelée.

— Êtes-vous un peu cinglées, ou quoi, les filles ? jappa le vieux Williams à travers ses dents brunes. Êtes-vous trop stupides pour savoir lire ? Combien d'écriteaux devraient-ils poser, pour que vous compreniez que cet endroit est dangereux !

Les filles s'étaient regroupées et fixaient le sol.

— Nous sommes désolées, dit Gena faiblement.

Le vieux Williams secoua la tête et se dirigea vers un poteau auquel étaient fixés les fils barbelés. Il le souleva du sol pour pratiquer une ouverture.

— Allez, sortez d'ici, et n'y revenez plus !

Les filles se faufilèrent par l'ouverture à toute vitesse et sautèrent sur leur vélo. Juniper regarda droit devant jusqu'à ce qu'elles aient quitté la 3e Rue. Quelques

pâtés de maisons plus loin, elle ralentit la
cadence et soupira profondément. Quand
elles arrivèrent chez Anne, son visage lui
semblait couvert d'ampoules et fiévreux.

* * *

Juniper songea que la piscine était la
solution idéale. L'eau calma à la fois la
chaleur et sa peur.

— Je crois savoir ce qui est arrivé à
cette fillette disparue, dit Gena.

— Quoi ? répondirent Juniper et Anne
à l'unisson.

— Avez-vous vu le ventre du vieux
Williams ? Laurie Simmons accompagnée
de frites.

— Oh, toi, dit Juniper en arrosant
Gena. Au moins, il nous a laissé filer !

La baignade, la conversation et le jeu
lui firent le plus grand bien, mais l'esprit
de Juniper était toujours dissipé. À l'occa-
sion, elle se sentait seule, même si Anne et
Gena étaient à ses côtés. Hier, l'été s'étirait
devant elle longuement et paresseuse-
ment. Aujourd'hui, elle était dans la

brume ; impossible de trouver son chemin vers son identité propre.

— Qu'est-ce qui se passe, avec elle ? articula silencieusement Anne à Gena.

Avec son index, Gena fit de petits cercles sur le côté de sa tête.

— Je ne suis pas cinglée, dit Juniper en se tournant vers elles.

Anne et Gena rougirent toutes deux légèrement.

— Alors, allons-nous ensuite au parc ? demanda Gena.

— Pourquoi irions-nous au parc ? lui demanda Juniper en la fixant bizarrement.

— Mon rétenteur ? Il manque toujours à l'appel. Nous n'avons toujours pas cherché au parc.

— Je croyais que tu avais dit que tu n'étais pas allée au parc, lui rappela Juniper.

— Anne a dit que quelqu'un aurait pu le ramasser et le laisser là-bas.

— C'est peu probable, dit Anne. Je cherchais simplement à te donner un peu d'espoir.

— Y a-t-il des cachettes, au parc ? demanda Juniper, songeant toujours à Laurie Simmons.

— Arrête un peu ! hurla Gena. J'aurais préféré que tu ne regardes jamais dans ce bol. On dirait que tu es possédée !

Juniper passa outre aux doléances de Gena. Elle jeta un coup d'œil aux faibles ondulations de l'eau de la piscine.

« Nous voilà, songea-t-elle. Le Club des diseuses de bonne aventure nageant dans une boule de cristal de la taille de ma chambre. »

Elle passa sa main à la surface comme pour polir le cristal. Les événements du parc de bois d'œuvre lui revinrent en mémoire.

« Est-ce que cela s'est produit à peine une heure auparavant ? »

Ça semblait déjà si loin. La notion de temps lui causa tout à coup un empressement soudain, et Juniper ne voulut pas perdre une minute de plus.

— Essayons de nouveau !

Les mots étaient sortis tout seuls de sa bouche.

— Essayer quoi ? demanda Anne.

— La cristallomancie. Tenons-nous en cercle et concentrons-nous sur l'eau. Peut-être l'une de nous aura-t-elle une vision.

— La seule vision que j'aimerais voir, c'est mon visage souriant avec un appareil métallique dans ma bouche, dit Gena en claquant des doigts.

— Allons ! dit Anne en poussant Gena du coude.

Les filles se rassemblèrent dans la partie peu profonde. À genoux, elles se tinrent parfaitement immobiles.

Juniper regarda fixement l'eau bleue. Le scintillement du soleil s'y reflétait comme une constellation dans le ciel la nuit. Elle se détendit les paupières et s'éclaircit l'esprit. Si Laurie Simmons pouvait communiquer avec elle, elle devait lui donner toutes les chances possibles. Son regard se brouilla un instant, puis elle fit la mise au point. L'étrange picotement se fit sentir, et de drôles d'images apparurent en surface. Des images qui n'avaient aucun sens. De grandes taches de couleur, des yeux regardant par l'entrebâillement d'une porte, les pailles bleu et blanc de la crémerie chutant au sol. Juniper se sentit hypnotisée, tandis que les images se bousculaient les unes après les autres comme les diapositives d'une projection. Elle retint son souffle.

« Dis-moi, dis-moi », songea-t-elle.

Au même moment, l'eau gicla comme une bombe, et un raz-de-marée lui inonda le visage.

Gena et Anne s'époumonèrent.

Juniper faillit faire pipi dans la piscine.

CHAPITRE 6

Des renseignements privilégiés

– Qu'est-ce que vous faites ? Vous vous exercez à être mannequins dans un grand magasin ?

C'était Beth Wilson.

À ses côtés se trouvait Nicole Hoffman. Elle se tenait les côtes pour rire, comme si c'était la blague du siècle.

Juniper lança un regard furieux aux jumelles snobinardes. Son visage s'échauffait, malgré la fraîcheur de l'eau. Elle regarda ses pieds et découvrit là, au fond de la piscine, une grande bouteille de crème solaire.

— Vous nous avez fait une peur bleue ! dit Anne.

Elle plongea en se bouchant le nez pour aller chercher la bouteille. Quand elle refit surface, Juniper vit qu'elle avait un large sourire.

— La prochaine fois que vous voulez nous lancer quelque chose, choisissez quelque chose qui vous appartient.

Juniper n'en revenait pas qu'Anne ait pu inviter ces deux-là. Ou peut-être ne l'avait-elle pas fait ? C'était peut-être une autre des raisons pour lesquelles Anne était invitée à faire partie de leur entourage... elle avait une piscine.

— Bon, qu'avons-nous manqué ? demanda Nicole.

— Rien, répondit Anne rapidement.

Juniper savait qu'Anne ne dirait rien, et elle préférait cela ainsi. Toutes les membres du Club des diseuses de bonne aventure avaient accepté de garder leurs activités secrètes. À cet effet, Anne était meilleure que Gena, bien que Juniper croyait qu'Anne le faisait pour éviter de perdre la face plutôt que par respect des règles.

— Je suis surprise de vous voir ici, dit Anne.

— Ça a failli ne pas se produire, expliqua Nicole. La mère de Beth ne voulait pas nous laisser sortir seules. Elle est toujours inquiète, étant donné la disparition de cette fillette, un peu plus loin sur la rue.

— Elle habite sur *ta* rue ? demanda Juniper, étonnée.

— Sa grand-mère habite au coin, dit Beth. La fillette n'était qu'en visite.

— L'as-tu déjà rencontrée ?

— Bien sûr que non ! Maintenant, cesse d'en parler. Cette histoire de disparition m'inquiète trop.

Beth et Nicole entrèrent dans la piscine et s'accroupirent jusqu'à ce qu'elles aient de l'eau aux épaules. Un instant plus tard, elles se levèrent, ressortirent, puis s'étendirent sur d'immenses serviettes de plage.

Juniper leva les yeux au ciel à l'intention de Gena.

Gena plissa les lèvres et secoua la tête.

— Nous ne pouvons abîmer de si beaux maillots en les mouillant trop, murmura Juniper.

Gena se pinça les lèvres pour éviter de rire. Elle émit un gloussement accidentel.

Anne se tenait près du bord de la piscine et observait Beth et Nicole.

— Jolis maillots, les complimenta-t-elle. J'adore ces couleurs vives. Ils sont neufs ?

Juniper se mordit les lèvres pour éviter d'éclater de rire. Apparemment, Gena tentait de faire la même chose.

— Nous les avons achetés au centre commercial hier, expliqua Beth, d'une voix aiguë. Va voir nos cache-maillots en dentelle, sur la véranda.

Elle parlait comme si Anne était la seule personne présente.

« Quel culot », songea Juniper.

— D'accord, dit Anne avec un grand sourire. Du coup, j'irai nous chercher à boire.

Elle bondit vers la maison, claquant la porte moustiquaire arrière en entrant.

Des bikinis à la mode avec des cache-maillots en dentelle assortis étaient le moindre de ses soucis, en ce moment. Par contre, elle remarqua que Gena jetait un coup d'œil à son maillot une pièce délavé. Son propre maillot ne soutenait pas non plus la comparaison.

Nicole se retourna sur le ventre et posa sa tête sur le dos de sa main.

— Bon, et qu'avez-vous fait cet été, toutes les deux ?

Gena se laissa choir dans l'eau.

— Rien d'important, dit-elle.

— Avez-vous eu du succès avec votre recherche ? demanda Nicole.

Cette question surprit Juniper. Quelle recherche ? Savait-elle qu'elles recherchaient Laurie Simmons ?

— Qu'est-ce qui se passe ? Vous êtes des espionnes ? Comment avez-vous su ? demanda Juniper.

— Anne nous l'a dit, piailla Beth. J'ai déjà perdu un rétenteur, et je ne l'ai jamais retrouvé.

Juniper laissa échapper un long soupir. Elle se dit qu'Anne avait dû leur en parler la veille.

— Je le retrouverai, dit Gena.

— Alors, poursuivit Beth, qu'est-ce que vous fabriquiez, au juste, lorsque nous sommes arrivées ?

— Nous réfléchissions, tout simplement, dit Juniper.

— Bien, vous deviez réfléchir intensément, parce qu'on aurait dit que vous regardiez fixement dans la piscine.

Anne revint avec cinq verres de limonade sur un plateau.

Juniper avait l'intention d'en prendre quelques gorgées avant de trouver une excuse pour filer. Un bain de soleil avec les jumelles snobinardes ne comptait pas au nombre de ses priorités. Retrouver Laurie Simmons était au sommet de la liste.

Après quelques pénibles minutes de babillages de meneuses de claques et de conseils de beauté, Juniper prit la parole.

— Je dois partir, Anne. Gena et moi devons encore retrouver son rétenteur.

Gena posa son verre et sortit précipitamment de la piscine.

« Elle attendait que j'aille à sa rescousse », songea Juniper.

Anne sembla déçue, quand Juniper sortit également de la piscine.

— N'avez-vous pas besoin de mon aide ? Je pourrais venir avec vous.

— Non, non, dit Juniper. Tu ne voudrais pas abandonner tes amies ici, ce serait impoli.

— Rassois-toi Anne, ordonna Beth. Elles peuvent le trouver toutes seules.

L'expression sur le visage d'Anne indiquait qu'elle n'avait pas envie de s'asseoir. Ses yeux se firent suppliants.

— Mais je dois tout de même retourner chez toi, mentit Anne. J'y ai laissé mes boucles d'oreilles.

Elle décocha à Juniper un sourire en coin.

— Bon, on a compris, capitula Beth. Peut-être pouvons-nous revenir demain.

— Je vous appellerai, dit Anne.

Beth et Nicole saisirent leur cache-maillot en dentelle et sortirent par la porte arrière de la cour. Une fois le loquet refermé, les trois diseuses de bonne aventure replongèrent dans la piscine.

Juniper eut finalement le temps de le leur demander.

— Est-ce que l'une d'entre vous a vu quelque chose dans l'eau ?

— Juste une grappe de taches, dit Anne.

— Mon esprit vagabondait, confessa Gena. Je n'ai rien vu.

Elles levèrent toutes les deux les yeux vers Juniper.

— As-tu encore vu quelque chose ? demanda Anne avec excitation.

— J'ai vu des tas de choses, expliqua Juniper, mais la plupart d'entre elles n'avaient aucun sens. Je suis certaine que cela avait rapport à Laurie Simmons.

— Nous y voilà encore ! dit Gena, se laissant tomber à la renverse dans la piscine.

Juniper insista.

— L'une d'entre vous aurait-elle une idée ?

— Pas moi, dit Gena.

Anne haussa les épaules, puis plissa les yeux en réfléchissant.

— Avez-vous déjà entendu parler de *psychométrie* ?

— Non, mais je crois que ça ne saurait tarder, dit Gena.

— C'est lorsque tu touches un objet ayant appartenu à quelqu'un et que tu saisis ses vibrations. Les médiums le font tout le temps, pour aider la police à résoudre des meurtres, entre autres.

— Anne, quelle bonne idée ! dit Juniper.

Gena s'esclaffa.

— Ouais, j'ai du mal à concevoir que c'est *toi* qui as pensé à ça. Juniper n'est-elle pas notre spécialiste en la matière ?

Juniper leva les yeux au ciel à l'intention de Gena, même si elle était tout aussi étonnée de la suggestion d'Anne.

— Peut-être que si l'une de nous tenait un objet ayant appartenu à Laurie Simmons, nous pourrions découvrir où elle est.

— Et si tu touchais à mes dents, peut-être pourrais-tu retrouver mon rétenteur, dit Gena, en riant.

— Un peu de sérieux, dit Anne.

Elle regarda Juniper.

— La psychométrie pourrait fonctionner, mais il y a un problème. Où trouverons-nous un objet ayant appartenu à Laurie Simmons ?

Gena éclata de nouveau de rire.

— Peut-être pourrions-nous regarder fixement dans l'eau de nouveau pour le découvrir !

— Arrête ! dit Juniper à Gena. Il nous faudra effectuer un travail de détective, mais je crois que si nous allons chez sa grand-mère, il est possible que nous trouvions quelque chose.

— Ouais, ouais, dit Gena. Nous cognerons à sa porte, présenterons nos cartes professionnelles et demanderons à grand-maman de nous remettre ses jouets pour les toucher.

— Peut-être pourrions-nous trouver quelque chose dans le jardin, dit Juniper. Nous devrions aller y jeter un coup d'œil.

Anne et Gena échangèrent un regard incertain.

— Comment saurons-nous de quelle maison il s'agit ?

Juniper sourit en repensant à la visite opportune de Beth et Nicole.

« Rien n'arrive pour rien », songea-t-elle.

— Je suis certaine que la rue de Beth n'a que quatre coins, dit Juniper. Je suis prête à parier que nous saurons exactement quelle est la bonne maison.

— Je l'espère, ajouta Gena, sinon nous retrouverons par erreur un enfant tout simplement parti en camp de vacances pour l'été.

Un índice

CHAPITRE 7

Un indice

La maison à l'angle des rues des Pins et Talbot ressemblait davantage à un quartier général électoral qu'à une résidence. Des rubans jaunes flottaient aux arbres. Des enseignes titrant « *Laurie, reviens* » et « *Laurie, tu nous manques* » bordaient le jardin. Une douzaine de chandelles en pot allumées étaient posées sur une petite table de jardin. Une douzaine d'autres rayonnaient dessous, sur la véranda. Des véhicules encombraient la rue comme sur le terrain d'un concessionnaire de voitures usagées. Trois policiers discutaient au bout de l'entrée. L'un d'eux avait le pied posé sur le pare-chocs de sa voiture de patrouille.

— Ouais, dit Gena, ça sera facile.

Ce n'était pas la scène qu'avait prévue Juniper. Elle s'imaginait que l'endroit aurait davantage l'air d'un salon funéraire.

— Qu'est-ce qu'on fait, maintenant ? demanda Anne.

Juniper resta là à regarder le jardin encombré. Pas de poupée Barbie, pas de toutou, pas de livre d'histoire, rien qui pourrait appartenir à Laurie Simmons. Et même si l'un de ces objets s'y trouvait, comment expliquerait-elle son emprunt ?

Anne et Gena regardèrent Juniper en quête d'une réponse.

— Juniper, dit Gena nerveusement, dis-moi que tu n'as pas l'intention de frapper à la porte de cette dame.

— Non, faisons le tour pour regarder dans le jardin arrière.

— Juniper, dit Gena en guidant son vélo à travers les voitures garées, dis-moi que tu n'as pas l'intention de frapper à la porte arrière de cette dame.

— Arrête, dit Anne.

Juniper remarqua qu'un des policiers les regardait. Il fit quelques pas dans leur direction, puis retourna vers les autres policiers.

Juniper retint son souffle jusqu'à ce qu'elles soient à l'abri des regards des policiers derrière la barrière.

— C'est sans espoir, dit Anne, pour ne pas dire dangereux. Et si nous nous faisions prendre ?

— Nous ne nous ferons pas pincer, lui assura Juniper. Tiens mon vélo près de la clôture, pour que je puisse l'escalader et regarder par-dessus.

— Elle est cinglée, dit Gena à Anne.

— Tu es cinglée, répéta-t-elle à Juniper.

— Tiens le vélo !

Juniper attrapa le guidon et mit son pied sur la selle de son vélo. Heureusement qu'elle avait de longues jambes. Elle se releva et lança sa jambe comme si elle participait à un récital de danse. En attrapant la clôture, elle se hissa pour regarder par-dessus.

Avant que ses yeux ne puissent se fixer sur le jardin, le plus gros chien avec les plus grandes dents de l'histoire canine sauta et grogna au visage de Juniper. Des filets de bave de chien lui coulèrent sur le menton alors qu'elle tombait à la renverse et tombait sur les fesses.

— Ça va ? demanda Gena tandis qu'elle et Anne la remettaient sur pied.

— Ça allait, jusqu'à l'arrivée du loup-garou, dit Juniper en s'essuyant le menton avec la manche de son chemisier. Est-ce que quelqu'un a une balle d'argent ?

— Oh, attends ici, je vais aller demander à l'un de ces gentils policiers à l'avant, dit Gena.

— Avez-vous des idées sur la manière de s'y prendre ? demanda Juniper.

— Ouais, dit Anne, rentrons à la maison.

— D'autres suggestions ?

— Je sais. Il faut distraire ce chiot, dit Gena en détachant le sac d'ordures appuyé contre la clôture. Il doit bien y avoir une gâterie pour chiens, là-dedans.

L'odeur qui s'échappa du sac indiqua à Juniper que ces ordures avaient été oubliées, le jour de la cueillette.

— Ouf ! dit Gena en se penchant vers l'arrière tout en tenant son nez bloqué et en s'éventant le visage.

— Quelle odeur agréable, dit Anne en s'adossant à la clôture.

Juniper, qui s'était agenouillée à côté de Gena, sourit à Anne.

— Ça sent comme le casier de Gena.

Gena frappa l'épaule de Juniper du revers de la main. Elles pouffèrent de rire.

Juniper entendait le chien haleter de l'autre côté de la clôture.

— Bon, dit Gena en fouillant dans les ordures de nouveau. Qu'avons-nous ici, pour le gentil toutou ?

Rapidement, elle en ressortit un os de poulet sur lequel pendaient quelques pauvres petits morceaux de viande.

— Ça devrait faire l'affaire, dit-elle.

Elle le tint à bout de bras comme si c'était un déchet nucléaire.

En retournant vers le vélo sur la pointe des pieds, Juniper pouvait entendre le chien de l'autre côté de la clôture qui les suivait comme un aimant.

Alors que Juniper se hissait sur son vélo, Gena lança la cuisse de poulet de toutes ses forces par-dessus la clôture. Le bruit de pattes s'éloignant dans l'herbe indiqua à Juniper que la voie était libre pour l'instant. Elle jeta de nouveau un coup d'œil par-dessus la clôture.

Le chien, qui semblait maintenant trois fois plus petit, était assis près d'un arbre à gruger sa prise. Le jardin avait l'air d'un pays étranger, comparé à celui de l'avant. La pelouse avait besoin d'entretien, mais outre cette constatation, l'espace était libre, hormis deux chaises longues.

Juniper voyait de nombreux jardins, de son observatoire. Au-delà, elle pouvait apercevoir le parc de bois d'œuvre et le château d'eau. Tout à coup, rechercher Laurie semblait être aussi complexe que de chercher une puce sur le dos d'un chien grugeant un os de poulet.

— Que vois-tu ? demanda Anne.

— C'est inutile, dit-elle en descendant de son vélo. Il n'y a rien du tout, dans le jardin.

— Tant mieux, dit Anne. J'ai peine à imaginer quelle brillante idée te viendrait pour aller récupérer un objet que tu aurais vu là.

— Ce n'est pas juste ! rouspéta Juniper. Je sais que si j'avais quelque chose qui lui appartient je pourrais lui venir en aide.

— Tu veux en parler aux trois gros policiers du jardin avant qui pourraient se pointer ici d'un instant à l'autre ? demanda Anne.

— Ouais, perdre mon rétenteur *et* me faire ramener à la maison en voiture de police, ce n'est pas vraiment le meilleur cadeau de la fête des Pères auquel je pourrais songer, ajouta Gena.

Les fillettes poussèrent leur vélo à travers quelques voitures garées sur la pelouse. Gena s'arrêta soudainement tandis qu'elles arrivaient sur la rue.

— Attendez ! Quand quelqu'un vient vous rendre visite, toutes les ordures ne sont pas les vôtres, non ? Une partie de ces ordures doit donc appartenir à Laurie Simmons.

— Beurk, dit Anne en grimaçant de dégoût. Nous n'allons tout de même pas fouiller les ordures de nouveau.

— Bien sûr que si, dit Juniper.

Elles firent demi-tour avec leur vélo et retournèrent à la clôture.

Le sac d'ordures était toujours ouvert, et une nuée de mouches tournoyait maintenant au-dessus.

— Génial, dit Juniper, nous avons maintenant des visiteuses.

Elle secoua la main au-dessus du sac pour chasser les mouches, puis se souvint que c'est pour cette raison qu'on les qualifiait de pestes, parce qu'elles ne partent pas.

Juniper ouvrit grand le sac, et quelques articles dégoûtants en tombèrent. Un essuie-tout souillé de graisse de bacon et une boîte à demi pleine de trempette aux haricots moisie.

Gena les éloigna d'un coup de pied.

— Pollueuse, dit Anne.

Juniper songea que le sac était trop chargé. Sa maman les sermonnait toujours, elle et Jonathan, lorsqu'ils surchargeaient les sacs. Au moins, celui-ci était attaché avec un lien torsadé, quand elles étaient arrivées. Un exploit impossible, chez elle.

— Comment sauras-tu quels déchets lui appartiennent ? demanda Anne.

— Bonne question. J'essaierai de démêler tout ça, j'imagine.

— Je sais, pourquoi ne prends-tu pas chaque déchet du sac pour tester ses vibrations ? pouffa Gena.

— Tais-toi donc ! dit Anne en pouffant également.

Juniper n'avait pas le cœur à rire. La chaleur de l'après-midi et l'odeur des ordures remuaient son estomac comme une vieille machine à laver.

« Je ne vomirai pas ! » songea-t-elle en fouillant parmi les bouteilles, les boîtes et la nourriture.

La nuée de mouches avait doublé de taille et passait à l'attaque.

En fouillant jusqu'au fond, elle se demandait également comment elle saurait quelles ordures appartenaient à Laurie. Peut-être aurait-elle la chance de tomber sur un emballage de bonbon. Un bonbon « pour enfants » comme des jujubes surs qu'aucune grand-mère digne de ce nom n'oserait se mettre en bouche. L'idée d'un bonbon sur fit plisser les lèvres à Juniper, tandis qu'elle sentait son estomac se retourner.

« Je ne vomirai pas ! »

Elle chassa d'autres mouches.

Juniper s'étouffa et fut prise de nausées, en enlevant quelques déchets supplémentaires. Puis, elle vit quelque chose qui raviva son espoir. Un burger à demi mangé et un petit sachet au fond duquel gisaient quelques frites.

— Voilà, dit-elle, en prenant délicatement un verre de papier orné de singes et d'éléphants.

— Comment sais-tu que c'était à elle ? demanda Gena.

Juniper se releva, s'éloignant des mouches et de l'odeur.

— Crois-tu que sa grand-mère aurait mangé un repas pour enfants de Méga Burger ?

Gena regarda le petit verre que Juniper tenait par le bord.

— Tant mieux, dit Anne en soupirant bruyamment. Allons-nous-en, maintenant.

Juniper était un peu instable, en marchant vers son vélo. Elle avait toujours la nausée. Pour l'instant, elle ne pensait qu'à rentrer à la maison et à s'allonger sur son lit frais.

Les filles s'emparèrent de leur vélo et sillonnèrent le labyrinthe de voitures lorsque quelqu'un les interpella.

— Hé ! Qu'est-ce que vous faites là ?

CHAPITRE 8

La transse

Les filles figèrent sur place. Gena lança ses mains dans les airs comme si elle était en état d'arrestation. Son vélo s'écrasa au sol.

« On est dans le pétrin ! » songea Juniper en regardant lentement derrière elle.

Les filles se retournèrent au ralenti.

Au lieu d'un grand policier costaud avec un insigne gros comme une boîte-repas, elles virent un petit homme maigrichon qui semblait avoir dormi tout habillé. Une touffe de cheveux lui pendait sur le front, et une moustache en broussailles lui couvrait la lèvre supérieure.

— Qu'est-ce que vous fabriquez, derrière ?

Cette fois, la question ne semblait plus aussi menaçante.

Après un long silence, Anne prit la parole.

— Je suis désolée. Nous avons perdu quelque chose et nous sillonnons le quartier à sa recherche.

— Qu'avez-vous perdu ? demanda le drôle de petit homme en fronçant un sourcil et en les regardant soupçonneusement.

— J'ai perdu mon rétenteur, dit Gena. Si je ne le retrouve pas, j'aurai de gros ennuis.

L'homme regarda Gena avec des yeux fatigués.

— J'ai aussi perdu quelque chose, dit-il. Quelque chose de précieux.

Il regarda au loin, puis leva les yeux au ciel, tentant de réfréner ses larmes.

« Un regard familier, songea Juniper. Le regard de Laurie Simmons. »

Elle n'avait aucun doute que cet homme était le père de Laurie.

— Nous sommes désolées, dit Anne de nouveau, plus doucement cette fois.

Monsieur Simmons enfonça ses mains au fond des poches de son pantalon froissé.

— Bon, vous devriez rentrer à la maison, les filles. Ce n'est pas sûr pour des enfants de votre âge, de vous balader ainsi.

Sans hésitation, toutes trois firent volte-face avec leur vélo. Gena trébucha en tentant de relever le sien de la pelouse.

Juniper regarda le verre de papier qu'elle tenait toujours à la main, pincé entre le pouce et l'index. Elle sentit son repas remonter dans sa gorge de nouveau et déglutit pour éviter qu'il ne ressorte.

Alors qu'elles étaient prêtes à partir, l'homme leur cria d'attendre.

Les filles s'arrêtèrent et se retournèrent.

— Où iriez-vous, si vous faisiez une fugue ? leur demanda-t-il d'une voix tremblotante.

Juniper n'oublierait jamais le regard de désespoir qu'il lui jeta quand elle répondit.

— Probablement quelque part où les policiers ont déjà cherché, dit-elle.

Monsieur Simmons hocha légèrement la tête, puis retourna vers la maison en traînant les pieds comme un chien battu.

* * *

Juniper s'assit à la table de sa cuisine, tandis qu'Anne lui versait un verre d'eau.

— N'oublie pas, dit-elle en tendant le verre à Juniper, que c'est pour boire, pas pour regarder fixement.

Juniper le but d'un trait, comme si elle était coincée dans le désert.

Elle posa le verre sur la table à côté de celui en papier de Méga Burger.

Gena remplit des verres d'eau pour elle et Anne.

— Cette journée peut-elle s'améliorer ? Un rat, un vieux fou et des ordures ?

Juniper regarda le verre de papier. Ses mains tremblaient.

— Quand j'aurai retrouvé mon énergie, nous passerons à l'action.

— À l'action ! dit Gena, en frappant sur la table la main ouverte. Regarde-toi ! Je ne sais pas si tu es obsédée ou possédée, mais je peux te dire que tu ne vas pas bien. Il faut donc te reposer. Laurie Simmons et la bonne aventure peuvent attendre.

— Ça va, dit faiblement Juniper.

— Non, ça ne va pas, dit Anne. Pour une fois, Gena a raison.

— Hé ! répliqua Gena.

Anne haussa les épaules.

— Ça va ! insista Juniper. Maintenant, allons dans ma chambre pour nous y mettre.

— Tu sais quoi ? dit Anne en se levant de sa chaise. Je viens de me rappeler pourquoi tu es mon amie. Tu es cinglée !

— Tu as raison, dit Gena tout en repoussant sa chaise.

Tandis que Juniper saisissait délicatement le verre de papier, une autre vague de nausée la submergea. Elle trébucha jusqu'à sa chambre et s'écrasa sur le tapis, adossée au pied de son lit. Quand elle déposa le verre devant elle sur le sol, son estomac retrouva son calme.

— C'est le verre, dit Juniper à ses amies. C'est le verre qui me donne la nausée, pas l'odeur des ordures.

— Ouais, bon, de transporter partout un vieux verre souillé me rend malade aussi, dit Gena.

Anne leva la tête et fronça les sourcils.

— Je ne crois pas que ce soit ce dont elle parle. C'est la psychométrie, non ?

Juniper frissonna légèrement.

— Je ressens ce que Laurie ressent juste à toucher à son verre.

— Est-elle malade ? demanda Anne.

— Malade, fatiguée et faible, dit Juniper dans un murmure.

Elle étira le bras pour prendre le verre, puis retira sa main. Peut-être les filles avaient-elles raison. Est-ce que le jeu en valait vraiment la chandelle ? Et si Laurie Simmons souffrait d'une horrible maladie ? Juniper se demanda quel risque elle courait. Des milliers de pensées lui traversèrent l'esprit, mais elle saisit tout de même le verre.

Elle sourit nerveusement à Anne et Gena.

— Ce n'est qu'un verre, n'est-ce pas ?

— Un verre pour enfants, ajouta Anne, avec un singe, un lion et un éléphant. Quel mal peut-il y avoir ?

— Ouais, dit Gena. C'est un verre qu'on offre dans les repas pour enfants. Seuls les enfants heureux mangent des repas pour enfants.

Juniper souhaitait pouvoir croire aux paroles d'Anne et de Gena.

— Bon, c'est idiot, dit-elle.

Elle prit le verre dans ses mains, le tenant fermement pour la première fois. C'est alors qu'elle tomba à la renverse comme si quelqu'un l'avait poussée. Son épaule droite frappa durement le sol.

— Ça va ? cria Anne en se penchant pour l'aider à se relever.

Juniper resta allongée sans bouger, sa jambe gauche en convulsion, le verre écrasé sous sa poitrine.

— Debout, Juniper ! supplia Gena.

Les deux filles tentèrent de la relever, mais Juniper se sentit plaquée au sol, comme si quelqu'un l'avait enfermée dans un cercueil.

— Juniper ! cria de nouveau Gena, debout !

— Nous ne pouvons pas bouger, dit Juniper d'une voix rauque et sèche, nous sommes coincées.

— Tu n'es pas coincée, dit Gena, tentant de dégager le verre de l'étau des mains de Juniper.

— Attends ! dit Anne, en repoussant Gena. Tu as dit : « *Nous* sommes coincées. » Qui ça, *nous* ?

— Laurie et moi. Nous ne pouvons pas bouger.

— Où es-tu ? Où est Laurie ? pressa Anne.

— Il fait si noir, ici, gémit Juniper. J'ai chaud, j'ai soif. Je veux rentrer à la maison.

Juniper se mit à pleurer, étreignant le verre de papier comme si c'était son ourson préféré.

— Ce n'est plus amusant du tout, dit Gena en tentant de nouveau de prendre le verre.

Anne repoussa sa main.

— Laurie, où es-tu ? insista Anne.

— Je suis ici, en dessous. Aidez-moi. Ma jambe me fait horriblement mal.

La jambe de Juniper se contracta de nouveau.

— Je ne peux pas respirer. S'il vous plaît, venez me chercher.

— Où ? ! cria Anne. Où es-tu ?

Gena arracha le verre des mains de Juniper et le lança de l'autre côté de la pièce.

Juniper se détendit complètement sur le sol.

— Pourquoi as-tu fait ça ? ! cria Anne à Gena. Maintenant, nous ne saurons jamais où est Laurie.

— Je ne comprends pas, répliqua Gena aussi fort. Il y a dix minutes, tu disais que Juniper était ton amie, et pourtant tu la laisses vivre ça ? Vous m'inquiétez, toutes les deux !

Juniper s'assit en se frottant la jambe.

— J'ai l'impression d'avoir été frappée par un autobus.

— Peut-être que ce fut le cas, dit Anne en souriant. Te souviens-tu de quelque chose ?

Juniper cessa de se frotter la jambe pour se gratter la tête.

— Disons que je n'étais pas moi-même.

— Tu étais là, dit Anne. Tu dois savoir où se trouve Laurie.

— Elle est prise au piège. Attachée ou retenue d'une quelconque façon. De plus, elle est malade.

— Où ? demanda Gena.

Juniper ferma les yeux et s'effondra contre son lit.

— Je n'en sais rien, mais si on ne la retrouve pas rapidement, elle ne s'en sortira pas vivante.

CHAPITRE 9

L'angoisse

Ce soir-là, le sommeil de Juniper fut fragmenté. Elle se sentit seule, dans son grand lit vide. Le jour était presque levé, quand elle s'endormit vraiment. Un sommeil agité. Un sommeil peuplé de cauchemars.

Juniper parcourait à toute vitesse les corridors encombrés de son école.

« Quelle est la combinaison ? » songea-t-elle, tout en cherchant à ouvrir son cadenas.

Si seulement elle arrivait à l'ouvrir, Laurie Simmons serait là, cachée derrière son manuel d'histoire. Un manuel d'histoire serait l'endroit idéal pour se dissimuler. Tout ce qu'il contient s'est déjà produit. Pas de surprise. Pas de choix.

Droite, gauche, droite. Juniper manipula maladroitement son cadenas ; ses doigts étaient aussi glissants que des poissons.

« Le temps file, songea-t-elle. Le temps file — se défile — filer. »

Juniper fila à toute vitesse. Elle entra en trombe dans la classe d'histoire de monsieur Gaitlin, où les autres enfants répondaient déjà à l'interrogation écrite.

— Tu es en retard ! aboya monsieur Gaitlin en pointant Juniper d'un gros doigt. Il est important d'être à l'heure, pour passer un examen, pour prendre l'autobus et pour chercher les enfants disparus. C'est bien compris ? ajouta-t-il.

Juniper opina du chef au monsieur Gaitlin de son rêve. Elle tendit la main pour prendre un crayon sur son pupitre et renversa le pot de

crayons. Les petites baguettes jaunes se fracas-
sèrent sur le sol et rebondirent comme des
gouttes d'eau dans une flaque.

— Tu te dépêches ? demanda monsieur
Gaitlin, les dents serrées. Le temps file.

Juniper regarda fixement le tas de crayons
sur le plancher. Le dessin qu'ils traçaient lui
sembla familier. L'image de pailles renversées
qu'elle avait vue dans la piscine d'Anne lui
revint en mémoire. Cela signifiait sûrement
quelque chose. Elle se pencha pour ramasser
un crayon quand elle vit quelque chose bouger
sous la pile. Elle donna un bon coup de pied
dans les crayons et une grosse coquerelle répu-
gnante sortit du tas et passa sur son pied. Elle
se couvrit la bouche pour étouffer un cri. La
coquerelle se faufila sous le pupitre de monsieur Gaitlin. Quand Juniper leva de nouveau
la tête, le professeur avait disparu. À sa place,
se trouvait plutôt le vieux Williams. On
pouvait lire les mots LOUPS GRIS sur sa casquette crasseuse.

— Es-tu cinglée, ou quoi ? cracha-t-il à
travers ses dents gâtées.

Juniper attrapa une feuille d'examen sur le
pupitre et alla prendre sa place. Elle retourna

la feuille pour découvrir non pas une interrogation, mais une affiche titrant « DISPARUE ». Le visage de Laurie Simmons la regardait avec des yeux enflés. Juniper ignorait s'ils étaient boursouflés par la douleur ou les larmes. Probablement les deux. Sous la photo, il y avait une image de sablier, où il ne restait que quelques grains de sable dans la partie supérieure.

Juniper bondit de sa chaise et traversa à toute vitesse une classe d'élèves sans visage. Elle enfonça une porte et se retrouva dans sa propre cuisine. Son frère, Jonathan, se préparait un bol de céréales. Juniper remarqua la marque. Céréales Temps — pour une énergie qui dure. L'arrière de la boîte annonçait un concours. Trouvez les pièces de casse-tête manquantes, et gagnez un été de détente.

Jonathan posa la boîte de céréales sur la table.

— Maman ! cria-t-il, quand tu iras faire l'épicerie, n'oublie pas que nous n'avons presque plus de Temps.

Puis, Jonathan versa du lait sur ses flocons. La photo de Laurie Simmons regarda fixement Juniper de l'arrière du carton de lait.

Juniper ne pouvait quitter la photo des yeux. La pièce était aussi silencieuse qu'un cimetière, à l'exception du tic-tac de l'horloge, dont le déclic bruyant de l'aiguille des secondes avertit Juniper de nouveau.

Juniper se réveilla dans une mare de sueur. La lumière du jour entrait par les rideaux de dentelle, dessinant des toiles d'araignée sur le lit. Quand elle tenta de se retourner, une douleur lancinante se fit sentir dans sa jambe.

Juniper songea au cauchemar étrange qu'elle avait fait et aux images troublantes. Elle refusa de regarder son réveil. L'heure lui importait peu. Puis, elle songea à un poème qu'elle avait appris à l'école.

Alors que je descendais l'escalier,
Un homme absent j'ai rencontré.
Encore aujourd'hui, il n'y était pas.
J'espère que je ne le verrai pas.

Juniper espérait qu'elle ne verrait plus Laurie Simmons. Ou que celle-ci reviendrait. D'une manière ou d'une autre, elle serait libérée de l'image de la fillette qui se cachait dans son esprit. Les choses reviendraient à la normale, et elle pourrait se détendre, cet été. Toutefois, Juniper savait que pour gagner le prix, elle devait trouver les pièces manquantes, et le temps filait.

* * *

Le téléphone sonna trois fois avant que Gena réponde.

— Qu'est-ce que tu fais ? dit Juniper.

Elle entendit Gena soupirer profondément.

— Je nettoie mon placard.

— Je croyais que tu l'avais fait l'autre jour.

— Moi aussi ! s'exclama Gena. Mes la notion d'un placard propre de mon père est différente de la mienne. Peux-tu croire qu'il veut que je jette un bon jean juste parce que le siège est troué ? Dans quel siècle vit-il ?

— Quand auras-tu donc terminé ? J'aurais besoin de compagnie.

— Je n'en sais rien. J'ai mon jean dans les mains depuis une vingtaine de minutes. Je n'arrive pas à m'en défaire. Sans compter que j'ai mérité ce trou à me tortiller sur ma chaise pendant cinquante minutes dans le cours d'histoire monotone de monsieur Gaitlin. Monsieur Gaitlin réussissait à vous faire oublier le fort Alamo.

— Monsieur Gaitlin… un vrai cauchemar, dit Juniper, qui croyait à chacun de ces mots.

— De toute façon, j'ai trois autres jeans comme celui-là dont je dois me débarrasser. Ça pourrait prendre du temps.

— Peut-être pourrais-je venir t'aider avec tes adieux déchirants ?

— Mon père ne veut pas que j'aie de la compagnie, quand j'ai du travail à faire.

— Bon, peut-être que lorsqu'il rentrera, il te donnera la permission de dormir chez moi ?

— Probablement, mais je ne viendrai qu'à une seule condition.

— Laquelle ? demanda Juniper, sur la défensive.

— Que le Club des diseuses de bonne aventure passe la majeure partie du temps à tenter de retrouver mon rétenteur ! Je ne sais pas encore combien de temps je peux tenir à dissimuler mes dents à mon père. Il finira par découvrir le pot aux roses.

— D'accord, acquiesça Juniper. J'appelle Anne pour voir si elle peut aussi venir dormir chez moi.

Après avoir parlé à Gena, Juniper se sentit mieux. Ce soir, il y aurait une rencontre extraordinaire du Club des diseuses de bonne aventure. Elle retrouverait le rétenteur de Gena, même si cela devait épuiser tous ses pouvoirs paranormaux.

Elle saisit de nouveau l'appareil pour téléphoner à Anne.

— Bonjour, madame Donovan, dit Juniper. Puis-je parler à Anne ?

— Elle n'est pas à la maison, Juniper. Elle est allée au cinéma avec Beth Wilson.

Juniper sentit un poignard s'enfoncer dans son cœur. Elle s'assit un instant, sans savoir quoi dire. La chaleur lui montait aux joues.

— Demandez-lui de me téléphoner, quand elle rentrera.

Dès que les mots sortirent de sa bouche, Juniper aurait voulu se donner un coup de pied pour les avoir prononcés. Elle ne voulait pas qu'Anne l'appelle. En fait, elle ne voulait plus jamais entendre parler d'elle.

— Sans faute, répondit madame Donovan.

Juniper entendit la ligne se couper, mais garda le récepteur en main. Traîtresse… serpent… belette… crapaude. Comment Anne pouvait-elle lui faire ça ? Comment pouvait-elle être son amie une minute, puis sortir avec son ennemie la minute suivante ? Juniper se demanda si Anne était avec seulement une des jumelles snobinardes ou si Nicole était également de la partie. Et si Nicole n'y était pas, cela faisait-il de Beth une traîtresse également ? Un serpent, une belette, une crapaude ? En fait, elle était tout ça, avec ou sans Nicole.

Juniper passa le reste de l'après-midi sur le canapé. Regardant fixement un feuilleton télévisé, elle s'identifiait au personnage principal. Elle aussi avait été trahie. Gena l'avait abandonnée pour un jean percé. Anne l'avait abandonnée pour une fille avec une tête percée. C'était du pareil au même.

Juniper se mit un coussin sur la tête, dissimulant sa peine, sa déception et sa solitude. Le bruit du feuilleton se dissipa de plus en plus alors qu'elle s'endormait en pleurant.

CHAPITRE 10

Insatiable

Des bruits de voix s'échappaient de la cuisine. Juniper s'éveilla de sa sieste.

— Je suis désolée, Kathy, je ne vois tout simplement pas cette prime pour lui.

Une fois les vapeurs du sommeil dissipées, Juniper se rendit compte qu'on était encore vendredi après-midi. « Kathy », c'était leur voisine, Kathy Layton. Elle venait pour sa séance de lecture de thé hebdomadaire. « Lui », c'était son mari, Wesley.

— Je vois cependant que tu auras un visiteur inattendu, poursuivit sa mère.

— Bon, j'imagine que je devrais abandonner et dire à Wesley de planifier ses deux semaines de vacances, dit Kathy Layton, un peu déçue. Je comptais sur cette prime pour payer notre voyage.

Juniper s'assit. Une douleur lancinante la parcourait de la tête aux pieds, et son estomac criait famine. Elle clopina jusqu'à la cuisine, où elle vit Jonathan appuyé à l'évier avec un sac de miniguimauves. Juniper lui saisit le sac des mains et engouffra environ six petites guimauves.

— Hé ! protesta Jonathan d'un air surpris.

— Reviens-en, dit Juniper.

— Doucement, vous deux, intervint leur mère tout en étudiant les feuilles de thé devant elle. Ne vous bourrez pas de guimauves. Papa est à la pêche, donc nous mangerons au restaurant, ce soir.

— Du mexicain ? demanda Juniper, la bouche pleine.

— Si tu veux, répondit sa mère en souriant.

Juniper était impatiente de tremper ses croustilles dans la salsa, deux à la fois.

— J'espère seulement que nous ne serons pas assis trop près des mariachis, dit Jonathan. La dernière fois, ils étaient si bruyants que je ne m'entendais même pas manger.

— C'est pour ça que nous étions si près, dit Juniper. Pour ne pas t'entendre manger !

Jonathan tira la langue à Juniper, qui fit semblant de l'ignorer.

— Du mexicain, c'est une bonne idée, dit madame Layton.

— Pourquoi ne pas laisser Wesley tout seul, ce soir, pour venir avec nous ? la taquina maman.

— Non, non, dit madame Layton. Si je dois avoir une visite-surprise, tel que vous l'avez prédit, je dois rentrer pour faire le ménage de la maison.

Juniper claudiqua en passant près d'elles pour sortir de la cuisine.

— Qu'est-ce qui se passe avec ta jambe ? demanda sa mère.

— Rien, mentit Juniper. J'ai seulement des fourmis dans les jambes, depuis ma sieste sur le canapé.

Jonathan ne put résister à l'envie de suivre sa sœur en lui chantonnant une chanson agaçante :

Qu'est-ce qui te démange un peu partout ?
Des aiguilles, des épingles, ou des clous ?
Déchirant, arrachant, de bout en bout.
J'espère que tu te plais chez les fous !

Sur l'entrefaite, le téléphone sonna.

— Sauvée par la cloche, dit-elle, bousculant son frère en passant. Va maintenant dans ta chambre, pour vieillir un peu.

— Oui, allo ? dit Juniper.

— Ne raccroche pas ! Écoute-moi.

Juniper n'avait jamais entendu tant de désespoir dans la voix d'Anne.

— Je ne peux pas, pour l'instant, Anne, dit Juniper d'une voix froide. Nous partons. Nous allons souper au restaurant, puis Gena vient coucher ici, ce soir.

— Tu ne me laisseras même pas m'expliquer ? Quelle amie tu fais !

— Moi ? ! cria Juniper dans le téléphone. C'est toi qui es sortie en cachette avec Beth Wilson ! Quel genre d'amie es-tu donc ? Une fourbe, oui !

— Je n'ai rien fait en cachette, dit Anne pour se défendre. J'ai un camp de meneuses de claques dans deux semaines. Ce matin, je suis donc allée chez Cri de la victoire et chez Meneuses de claques inc. pour faire ajuster mon uniforme. Beth y était également pour les mêmes raisons. Nous avons commencé à parler, et elle m'a demandé si j'avais envie d'aller au cinéma avec elle. Nous avons vu *Lettres d'amour*. Tu as dit que la bande-annonce était idiote et que tu n'avais pas l'intention de voir ce film, donc j'y suis allée. Nous n'étions que toutes les deux.

Silence. Juniper ne savait trop que dire. Elle se sentait toujours trahie, oubliée et laissée pour compte. Comment Anne ne pouvait-elle pas le comprendre ?

— Alors, tu pars comme ça au cinéma sans penser à Gena et à moi et à tous ces problèmes ?

— Quels problèmes ? demanda Anne. Celui de Gena, ou celui que tu as créé ?

— Oublie ça, Anne ! Pars avec tes amies meneuses de claques, et oublie-nous. Gena et moi saurons très bien nous débrouiller sans toi.

La voix de Juniper se brisa, et sa respiration devint rauque. Elle ne voulait pas qu'Anne l'entende pleurer. Elle aurait aimé pouvoir faire marche arrière et redevenir comme avant que cette fièvre de médium s'empare d'elle.

— Voyons, Juniper, je dois passer toute une semaine d'entraînement de meneuses de claques avec Beth, alors j'ai intérêt à être gentille avec elle.

Même si Juniper ne voulait pas l'admettre, Anne marquait un point. Et elle se sentait trop faible pour poursuivre la dispute.

— Juniper ?

— Bon, d'accord. Tu veux venir dormir ici, ce soir ? Nous pourrions tenter de nous concentrer sur la recherche du rétenteur de Gena.

— D'accord, dit Anne avec soulagement.

— Je ne sais pas pendant combien de temps nous serons au restaurant, mais nous devrions être de retour avant vingt heures trente. Appelle Gena, pour voir si vous pouvez faire le trajet à vélo ensemble.

— Heureusement qu'on est en période d'heure avancée, dit Anne. À plus tard.

* * *

La première chose que vit Juniper en arrivant au restaurant fut une photo de Laurie Simmons affichée dans la porte d'entrée. Sous la photo, il y avait le texte suivant : *Avez-vous vu cette enfant ? Elle a disparu depuis maintenant 3 jours.* Quelqu'un avait rayé le 3 au marqueur et l'avait remplacé par un 4.

Juniper passa ses doigts sur la photo.

« Quatre jours ! »

Si la fillette avait tout simplement fait une fugue, quelqu'un l'aurait déjà retrouvée. Tout à coup, sa gorge s'assécha. Elle n'avait jamais eu autant soif. Elle s'empressa d'entrer dans le restaurant et martela la table des doigts jusqu'à ce que le serveur lui apporte un grand verre d'eau, qu'elle avala rapidement.

Sa mère et Jonathan la dévisagèrent avec amusement.

— Wow ! dit Jonathan, si tu as si soif maintenant, tu videras les tuyaux, après l'arrivée des croustilles de maïs.

Juniper leva les yeux au ciel.

— Pourquoi n'est-il pas aussi allé pêcher ? demanda-t-elle à sa mère. Je suis certaine que papa aurait eu besoin de plus d'appâts !

— Peut-être est-ce *toi* qui aurais dû y aller, répliqua Jonathan. Papa a besoin d'une nouvelle ancre !

— Soyez gentils, dit maman par-dessus son menu.

Juniper prit son menu pour éliminer Jonathan de son champ de vision. Elle n'avait pas besoin de le regarder. Elle commandait toujours la même chose, des enchiladas au fromage, avec plus de riz, sans haricots.

Juniper jeta de nouveau un coup d'œil à la photo affichée dans la porte de verre. Le soleil filtrait à travers, et elle pouvait discerner le pourtour du visage inversé de Laurie. De cet angle, il semblait fort différent. Des lignes foncées et des ombrages lui donnaient un air vieilli, égaré, sans vie. Juniper se détourna rapidement. Elle avait un drôle de pressentiment. Regarder cette photo lui faisait penser à son propre reflet dans un miroir.

* * *

Vingt heures quarante-trois. Juniper venait tout juste de soulever le récepteur du téléphone lorsque Anne sonna à la porte.

— Qu'est-ce qui s'est passé ? Tu devais être ici à vingt heures trente.

Juniper regarda dehors et constata qu'Anne était seule.

— Où est Gena ?

— Elle est en punition, dit Anne.

— En punition ! N'a-t-elle pas fait le ménage de son placard ?

— Ce n'est pas ça, expliqua Anne. Son père sait, à propos de son rétenteur. Il est furieux !

Juniper s'adossa à la porte d'entrée en la refermant.

— C'est ma faute. J'aurais dû me concentrer davantage pour le retrouver. J'espère qu'elle ne m'en veut pas.

— Tu connais Gena, dit Anne. Je parie qu'elle sera punie quelques jours. Puis, son père lui achètera un nouveau rétenteur, et tout rentrera dans l'ordre.

— Tout de même, dit Juniper, je crois que nous devrions tenter de retrouver celui qu'elle a perdu.

Anne suivit Juniper dans la cuisine.

— Peux-tu le croire ? dit Juniper. J'ai mangé deux enchiladas, un bol de riz, des croustilles et de la salsa avec du *queso*, et j'ai encore faim !

Juniper saisit un sac de bretzels dans le garde-manger. En passant devant le réfrigérateur, elle y prit des boissons gazeuses.

— Écoutons de la musique d'ambiance, suggéra Anne, une fois qu'elles furent installées dans la chambre de Juniper.

Juniper saisit une boîte de carton étiquetée « Musique du nouvel âge ». Elle tripota quelques cassettes qui s'y trouvaient. *Cloches tibétaines*, *Chants grégoriens*, *Vagues océaniques*, *Forêts tropicales*. Le boîtier en plastique de *Visions celtiques* lui sembla chaud au toucher. Juniper y vit un signe.

Après avoir inséré la cassette dans le lecteur, Juniper attendit le silence du début, espérant que la musique lui donnerait instantanément un pressentiment. Toutefois, plutôt que le bourdonnement révérenciel des anciens druides, la musique avait un rythme rapide et enlevant.

— Tu appelles *ça* de la musique d'ambiance ? demanda Anne en rigolant.

— Je ne sais pas si je dois méditer ou danser une gigue, dit Juniper en arrêtant la cassette. Utilisons plutôt les cartes de tarot.

Elle mélangea les cartes avec soin, puis retourna doucement la première. Le huit d'épée. L'image montrait une femme aux bras liés par des morceaux d'étoffe et les yeux bandés. Huit épées étaient plantées au sol, l'encerclant comme une cage.

— Voilà bien Gena, dit Anne. Je ne crois pas que tu aurais pu choisir une meilleure carte pour sa punition.

« Est-ce bien comment se sent Gena ? se demanda Juniper. Liée, incapable de bouger. Aveugle à ce qu'il adviendra plus tard ? »

En tendant le bras vers sa boisson gazeuse, elle accrocha le sac de bretzels. Une pile de bâtonnets roula sur la carte. Juniper s'immobilisa ; son cœur battait la chamade.

— Ça alors ! cria-t-elle, paniquée. Elle est bien au parc de bois d'œuvre !

— Gena est au parc de bois d'œuvre ? demanda Anne.

— Non, dit Juniper, en se levant précipitamment. Cette carte ne représente pas Gena. Il s'agit de Laurie Simmons !

CHAPITRE 11

Filer en douce

Après avoir saisi une paire de chaus-settes dans un tiroir, Juniper se pencha dans son placard pour prendre ses espadrilles.

Anne se leva, l'air confus.

— Qu'est-ce que tu fais, au juste ?

— Qu'est-ce que j'ai l'air de faire ? dit Juniper tout en retroussant une des

chaussettes sur sa main avant de l'enfiler
sur son pied.

— Tu ne vas pas sortir ! demanda
Anne.

— Chut ! Tu veux que tout le quartier
soit au courant ?

— Juniper, es-tu cinglée ?

— Oui, dit Juniper en levant des yeux
tristes vers Anne. Je suis cinglée de ne pas
y être retournée plus tôt.

— Et que dira ta mère ? demanda
Anne en tentant de garder son calme.

— C'est le moindre de mes soucis,
pour l'instant, dit Juniper.

Anne se pencha nez à nez avec elle.

— Alors, pense à ceci : il fait noir
dehors et le parc de bois d'œuvre est à
plusieurs pâtés de maisons d'ici.

— Je n'ai pas de temps pour ça.

Juniper repoussa le visage d'Anne et
se leva.

— Tu viens avec moi ?

— Tu es cinglée ! Juniper, pourquoi
n'appelles-tu pas la police ?

— Je n'ai même pas encore treize ans. Tu penses qu'ils me croiront ? De plus, je n'ai aucune preuve à l'appui.

— Justement ! renchérit Anne. Tu n'as aucune preuve.

Juniper prit son sac à dos dans le placard.

— C'est complètement dingue ! poursuivit Anne.

— Je te dis que j'ai vu quelque chose bouger sous ces planches, hier.

— Évidemment, dit Anne, c'était un rat ! Tu ne te souviens pas ? Il a foncé droit sur nous.

— J'ai vu quelque chose bouger de l'autre côté, insista Juniper.

— Alors, imagine ce qui peut s'y cacher. Des serpents, des scorpions et, ah oui, dit Anne en indiquant les points rouges sur ses jambes, des puces de sable !

— Bonne idée ! Je devrais enfiler mon jean.

Elle se dépêcha, ignorant les arguments d'Anne.

Elles sortirent de sa chambre sur la pointe des pieds et se glissèrent derrière

la mère de Juniper, qui regardait le bulletin d'informations de vingt-deux heures à
la télévision du salon. Quand le chemin
fut libre, elles sortirent par la cuisine dans
le garage.

— Juniper, as-tu entendu ce que je
viens de dire ? demanda Anne sur le ton
de la défaite.

— Seulement quand tu m'as rappelé
qu'il y avait des puces de sable, dit
Juniper en cherchant une lampe de poche.

Par chance, elle en trouva une dans le
coffre à outils de son père. Elle avait craint
qu'il ne l'ait emportée à la pêche. Elle se
retourna vers Anne une dernière fois.

— Tu viens, ou non ?

— Tu ne sais pas ce qui nous attend là-
bas, dit Anne en tremblant.

— Oui, je le sais, répondit Juniper avec
assurance. Elle s'appelle Laurie.

* * *

Bien qu'il soit passé vingt-deux
heures, les rues étaient encombrées par la
circulation.

« Vendredi soir, songea Juniper. Les fêtes, les rencontres amoureuses, les parties de cartes. Le vendredi soir s'étire toujours au-delà de minuit. »

Une brise fraîche lui souffla au visage tandis qu'elles pédalaient à vélo. La pleine lune les éclairait suffisamment.

« Il fait trop clair », s'inquiéta Juniper.

Elle ne voulait pas être surprise par qui que ce soit.

Elles camouflèrent leur vélo derrière les buissons, et, cette fois-ci, Juniper savait comment ouvrir la barrière. Toutefois, elle avait laissé sa confiance à la maison, et ses mains tremblaient tandis qu'elle soulevait le poteau du sol.

— Je n'entrerai pas, lui dit Anne alors qu'elle déposait le poteau par terre.

— Bon, au moins, avance par ici pour te cacher derrière le muret.

Le clair de lune permettait de bien voir la pile de planches dans le coin éloigné.

— Là-bas, dit Juniper en pointant du doigt. C'est là que j'ai vu quelque chose bouger.

— Bon, dépêche-toi, la pressa Anne. J'ai tellement peur que je risque de m'évanouir.

Juniper prit une grande inspiration et se dirigea lestement vers le tas de bois. Un hurlement retentit non loin. Quelque chose avec de longues dents, supposa Juniper. Elle figea sur place.

— Vite ! dit Anne dans un murmure bruyant. Je crois que ce n'est qu'un chien.

Juniper accéléra le pas.

Tandis qu'elle s'approchait des planches, elle tenta de regarder par les fissures.

— Laurie ? dit-elle à voix basse. Laurie, es-tu là-dessous ?

Elle crut voir quelque chose bouger sous le tas. Effrayée, elle eut le souffle coupé par une inspiration trop profonde. Rassemblant tout son courage, elle jogga plus près des planches tombées.

Elle marcha sur quelques-unes enfouies sous les mauvaises herbes. Elles s'inclinèrent à quelques reprises, lui faisant presque perdre l'équilibre.

Quand elle eut atteint la grosse pile, Juniper grimpa prudemment sur un morceau avec le pied gauche pour en tester la solidité. Quand elle fit de même avec le pied droit, une douleur lancinante transperça sa jambe, la rendant presque entièrement invalide.

— Ouille, dit Juniper en levant le pied du sol.

La planche suivit son pied. Elle avait marché sur un clou. Elle se pencha pour délacer son espadrille.

— Qu'est-ce qui se passe ? appela Anne.

Juniper ne répondit pas. Elle posa les paumes de ses deux mains de chaque côté de la planche et poussa de toutes ses forces. Elle se mordit presque la lèvre inférieure au sang, pour éviter de crier de douleur.

De l'écume brûlante lui remonta de l'estomac à la gorge, mais Juniper déglutit pour la retenir. Le clou glissa doucement hors de son pied, retirant du coup son espadrille. Le dessous de sa chaussette blanche était déjà taché de rouge. Juniper l'enleva pour examiner la blessure sous son pied. La peau était déchirée, et du sang giclait en pulsations rapides.

— Ça va ? demanda Anne à voix haute.

— J'ai marché sur un clou. Ça saigne beaucoup.

— Allons-nous-en, dit Anne. Nous soignerons ta blessure chez toi.

Anne avait raison. Quel autre choix avaient-elles ? C'était terminé. Elle n'était pas une spécialiste de la bonne aventure. Elle n'avait même pas assez de clair-voyance pour éviter de marcher sur un clou rouillé. Et maintenant, elle devait trouver comment expliquer tout cela à sa mère. Quelle piètre fille elle était. Et quelle piètre amie – abandonner la quête du rétenteur de Gena et mener Anne vers un danger potentiel. Quelle experte !

Elle ne pouvait pas rester là à mourir au bout de son sang. Elle retira donc son espadrille gauche et utilisa son autre chaussette en guise de bandage. Elle enfila la chaussette ensanglantée par-dessus pour le tenir en place. L'espadrille gauche fut vite enfilée sur son pied nu, mais son pied droit était maintenant trop gros et trop douloureux pour entrer dans son autre chaussure. Elle glissa simplement les orteils dans le bout et écrasa légèrement l'arrière de son espadrille avec son talon, la portant comme une pantoufle.

Juniper descendit prudemment des planches et claudiqua vers Anne. Elle sentait la chaussette moite gicler contre son pied qui lui piquait et se demanda comment elle pourrait pédaler sur son vélo.

— J'arrive ! cria-t-elle, sachant que cela rassurerait Anne.

Elle clopina quelques pas vers la barrière lorsqu'elle entendit un bruit. Quelque chose bougeait sous les planches ! Elle fit rapidement volte-face.

— Qu'est-ce que tu fais ? ! cria Anne.

— Anne, va chercher de l'aide !

Juniper bondit hors de son espadrille, sans tenir compte de la douleur. Elle retourna vers la pile de bois et se mit à retirer les planches les plus légères. Un bourdonnement résonnait dans sa tête, et la sensation étrange était de retour. Elle était près du but, si près. Elle aurait été incapable de s'arrêter, même si elle l'avait voulu.

— Qu'est-ce que tu fais ? demanda de nouveau Anne.

— Anne, va chercher de l'aide !

Juniper regarda vers elle. Anne n'avait pas bougé. Elle restait en place à faire aller ses bras comme un oisillon.

Les autres planches étaient lourdes. Elle les tira et les poussa de son mieux. Elle les retira les unes après les autres, égratignant et blessant ses mains. L'image d'une carte de tarot lui vint à l'esprit. La Force. Elle la rejeta rapidement. Elle n'avait pas le temps de penser à la bonne aventure, pour l'instant.

Quelques planches du sommet déboulèrent sur Juniper. Elle leva les bras dans les airs pour se protéger. Une fois l'éboulis terminé, elle poursuivit sa tâche.

L'une des planches sembla résister davantage, comme si elle était en ciment.

— Qu'est-ce qui se passe ? appela Anne.

Juniper n'arrivait pas à croire qu'Anne fut encore là. Pourquoi n'était-elle pas allée chercher de l'aide ?

Un bruyant grincement accompagna le lent mouvement de la grosse planche. Juniper prit la plus grande inspiration possible, mais ses poumons ne purent la garder. Elle bougea la planche de gauche à droite pour la libérer, haletant à chaque mouvement. Son pied élançait, mais elle devait mettre du poids dessus pour contrebalancer la planche. Elle réussit à lever un coin de la planche d'environ quinze centimètres. Alors, une petite main crasseuse glissa par l'ouverture et toucha les doigts de Juniper. Juniper eut le souffle coupé et tomba à la renverse. Elle aurait voulu rire, pleurer et crier en même temps.

— ANNE, VA CHERCHER DE L'AIDE !

CHAPITRE 12

À la rescousse

Lorsque Juniper regarda, Anne avait
disparu. Elle tint la toute petite main
dans la sienne et la caressa.

— Tiens bon, Laurie. Les secours arri-
vent.

Elle espérait dire vrai. Anne se dépê-
cherait sûrement.

Elle eut une étrange sensation — un sentiment de connexion, comme si sa propre force de vie était transmise par ses mains à cette fillette prisonnière. Elle lui transmettait un souffle d'espoir.

Elle tendit de nouveau la main vers la lourde planche. Si seulement elle pouvait déplacer celle-ci, elle donnerait à Laurie un peu plus d'espace. Elle tira de toutes ses forces. La planche bougea, mais à peine. Juniper entendit de nouveau un hurlement, plus près cette fois. Des ombres étranges l'encerclaient. De petits yeux vitreux, reflétés par la lune, la scrutaient à travers les mauvaises herbes.

« Combien d'animaux sont attirés par le sang ? se demanda-t-elle en regardant la flaque autour de son pied. Était-ce le sang, ou la créature mourante sous les planches qui les attiraient ? »

— Tiens bon, Laurie, dit-elle de nouveau, la voix chancelante.

Juniper tira très fort sur la planche. Elle la déplaça encore d'une quinzaine de centimètres et tenta de regarder à l'intérieur, mais elle avait laissé sa lampe de poche dans le sac à dos près du vélo. Tout ce qu'elle pouvait voir, c'était la main et le poignet de Laurie.

C'est alors que deux gros bras costauds et tatoués passèrent par-dessus Juniper pour tirer sur la planche. Effrayée, elle fit un bond de côté. Le vieux Williams retira doucement la planche avec la force de trois hommes. Juniper l'aida à retirer d'autres planches. Il se pencha et prit le pauvre petit corps meurtri de Laurie Simmons dans ses bras, puis le déposa délicatement sur le sol.

Ses yeux étaient clos, son visage grimaçait de douleur. Sa respiration saccadée indiquait qu'elle était toujours en vie. Le son des sirènes au loin s'approchait. Prise de vertige, Juniper se laissa tomber elle aussi au sol et enlaça ses genoux.

Le vieux Williams ouvrit la barrière de fils barbelés pour laisser entrer l'ambulance et les voitures de police. Les ambulanciers paramédicaux se précipitèrent avec des radios et de l'équipement spécialisé. Juniper les observa installer Laurie sur une civière.

— Sa jambe est cassée, dit un homme.

Ils lui mirent un masque à oxygène sur le visage et placèrent une seringue intra-veineuse dans son bras. Puis, ils la transportèrent à l'arrière de l'ambulance.

— Et celle-là ? demanda un ambulan-cier paramédical en désignant Juniper.

— Nous demanderons une autre ambulance, répondit un policier. Sa mère a déjà été avisée.

En entendant ces mots, Juniper se redressa. À cet instant précis, elle désirait voir sa mère plus que tout au monde.

L'ambulance quitta les lieux. En peu de temps, les policiers durent éloigner une foule de curieux assemblés. L'un des policiers leur ordonna de se tenir à distance à l'aide d'un mégaphone. Un groupe de journalistes arriva sur les lieux et ils mirent des microphones devant les visages des policiers.

— Oui, Laurie Simmons a été retrou-vée, dit un policier, mais les détails ne sont pas clairs, pour l'instant.

Ce n'est que lorsque son ambulance arriva que les journalistes remarquèrent

Juniper assise sur le sol. Ils la bombardè-rent de questions, mais elle était trop faible pour y répondre. Deux ambulan-ciers paramédicaux l'installèrent sur une civière et prirent soin de son pied.

— Où est mon bébé ? Où est-elle ?

Enfin, la voix que Juniper rêvait d'en-tendre. Elle tendit les bras.

— Maman ! cria-t-elle à travers la foule.

En un rien de temps, sa mère poussa les curieux et prit Juniper dans ses bras. Juniper ne voulait pas que cette embrassade prenne fin.

Tandis qu'on la transportait dans l'am-bulance, Juniper vit quelques visages familiers dans la foule. L'un d'eux était celui d'Anne Donovan, qui leva les pouces en signe de victoire.

* * *

Juniper posa son pied pansé sur un oreiller et se coucha sur son lit. Elle était entourée de fleurs, de livres, de magazines et de la télécommande.

— Puis-je t'apporter autre chose ? lui demanda sa mère, s'attardant autour de son lit.

— Maman, je ne suis pas handicapée, insista Juniper.

— Mais le médecin a bien spécifié que tu ne devais pas mettre de poids sur ton pied pendant un certain temps.

— Si j'ai besoin de quoi que ce soit, je te le dirai, dit Juniper. Pour l'amour du ciel, je ne suis pas incapable.

— Non, dit son père en souriant, ça tu ne l'es pas.

Heureusement, il avait apporté son téléphone cellulaire avec lui à la pêche.

Il tapota la jambe de sa fille, puis se tourna et quitta la pièce.

On sonna à la porte.

— Si c'est encore un journaliste, je vais hurler, dit sa mère en sortant de la chambre.

Juniper grogna.

— Chasse-les ! Je suis incapable de répondre à une seule autre question.

— Ah, bonjour.

Le ton de la voix de sa mère indiquait que ce n'était pas un journaliste.

Juniper se détendit, quand Anne entra, une boîte de bonbons à la main. À sa grande surprise, Gena suivait tout juste derrière.

— Salut, l'héroïne, dit Anne avec fierté.

Bien que les filles n'aient été séparées que depuis quelques heures, cela parut une éternité à Juniper.

— Ah, ce que je suis heureuse de vous voir.

— Moi, ou les chocolats ? la taquina Anne en lui tendant la boîte.

— Et toi ! dit Juniper en regardant Gena, intriguée. Qu'est-ce que tu fais ici ? Je croyais que tu avais été punie ?

Gena lui décocha un large sourire. Toutes ses dents étaient bien maintenues en place par son rétenteur.

— Où l'as-tu trouvé ? demanda Juniper.

— Le premier jour où j'ai commencé à nettoyer mon placard, j'ai sorti un vieil anorak de ski. Je n'arrivais pas à décider de le garder ou de m'en défaire et je l'ai lancé sur une chaise dans ma chambre. Mon rétenteur était sur la chaise. Quand je l'ai cherché, j'ai soulevé l'anorak à quelques reprises, mais mon rétenteur était pris dans la manche. Mon père a accepté que je garde l'anorak, et quand j'ai voulu le suspendre hier soir, voilà !

— Eh bien, je suis contente qu'il n'ait pas été dans le caniveau de l'avenue du Parc, dit Juniper.

— Moi aussi ! acquiesça Gena. Ça m'aurait laissé un drôle de goût en bouche.

Les filles éclatèrent de rire.

Anne s'avança et remit une enveloppe à Juniper.

— On m'a demandé de te remettre ceci.

Le nom de Juniper était écrit sur le dessus, et à en juger par toutes les fioritures, elle savait que cela venait de Beth Wilson.

— Les jumelles snobinardes t'ont envoyé une carte ! grimaça Gena en faisant quelques pas vers l'arrière comme si quelque chose allait s'échapper de l'enveloppe pour la mordre.

Juniper déchira l'enveloppe et en extirpa une carte de prompt rétablissement. Le dessus portait l'image d'un panda triste qui se tenait sur la tête. Quand elle l'ouvrit, six pansements roses parsemés de cœurs en tombèrent. À l'intérieur, on trouvait ces quelques mots : *Nous espérons que tu seras sur pied bientôt*. La carte était signée par Beth et Nicole.

Elle tint un pansement dans les airs et leva les yeux vers le ciel.

— Je me viderais de mon sang, avant de porter un truc pareil.

— Allons, dit Anne. Sois gentille.

— Ouais, dit Gena. Prends les choses du bon côté. Ta chaussette les couvrira.

Juniper rit à gorge déployée, mais se couvrit rapidement la bouche en voyant le regard menaçant d'Anne. Elle jeta un coup d'œil à la carte et aux pansements et sourit.

— J'imagine qu'une telle crise peut rapprocher les pires ennemies. Il me faudra les appeler pour les remercier.

— Alors, as-tu eu des nouvelles de Laurie Simmons ? demanda Anne.

— Aux dernières nouvelles, sa condition était passée de critique à sérieuse. C'est bon signe. Elle était complètement déshydratée et souffrait d'un coup de chaleur et d'un choc nerveux, sans parler de sa jambe cassée.

Gena s'assit en tailleur sur le lit.

— Est-ce qu'on sait au juste ce qui est arrivé ? J'entends des histoires contradictoires, aux bulletins d'informations.

— À ce que je sache, elle s'est sauvée vers le parc de bois d'œuvre en pensant que ce serait un bon endroit où se cacher. Elle tirait sur cette pile de planches quand celle-ci s'est effondrée sur elle. Les médecins croient qu'elle a perdu connaissance pendant un certain temps, puisque personne ne l'a entendue appeler au secours. J'imagine qu'on saura la vérité quand elle ira mieux. Ses parents sont venus me voir à l'hôpital pour me remercier avant mon départ, ce matin. Ils étaient tous deux bien gentils. Ah oui, et devinez qui d'autre est venu me rendre visite ?

Anne et Gena n'en avaient aucune idée.

— Qui ? demanda Anne.

Un grand sourire éclaira le visage de Juniper.

— Monsieur Williams.

Il y eut un moment de silence avant qu'une étincelle n'éclaire le regard de Gena.

— Le vieux Williams ?

— *Monsieur* Williams a dit que j'étais très brave, même si j'étais un peu cinglée. Et vous savez quoi ? Après lui avoir parlé de près, je ne crois pas qu'il soit bien plus âgé que mon père. Juste un peu plus délabré.

— Alors, les rumeurs sont fausses ? dit Anne.

Gena tapa du pied.

— Bon, alors, nous devrons trouver un autre vieux grincheux pour habiter toutes ces légendes urbaines.

— Ou peut-être devrions-nous laisser toutes ces histoires disparaître, suggéra Juniper.

— En passant, j'ai aussi vu ta mère, au bulletin d'informations, dit Gena. On dirait qu'elle est vraiment partie en croisade pour faire nettoyer ce vieux parc de bois d'œuvre.

— Et elle ne laissera pas tomber tant que ce ne sera pas chose faite ! ajouta Juniper.

À ce moment, la mère de Juniper entra avec deux comprimés d'analgésique et un verre d'eau.

— Tu n'as pas besoin de les prendre tout de suite, dit-elle, mais n'attends pas que la douleur soit intolérable.

Elle tendit le verre à Juniper et sortit de la chambre.

— Alors, madame Juniper, qui sait tout et qui voit tout, dit Gena en désignant le verre d'eau, qu'y a-t-il, dans notre avenir ?

— C'est facile ! répondit Juniper en tenant le verre bien haut. Un été extraordinaire !

DOTTI ENDERLE

Dotti Enderle dit la bonne aventure depuis bien avant sa naissance. C'est une excellente médium qui sait toujours quand il y a du chocolat dans les parages. Elle vit au Texas avec son mari, ses deux filles et un chat paresseux surnommé Oliver. Découvrez-en davantage au sujet de Dotti et de ses livres au :

www.fortunetellersclub.com

Livre 2

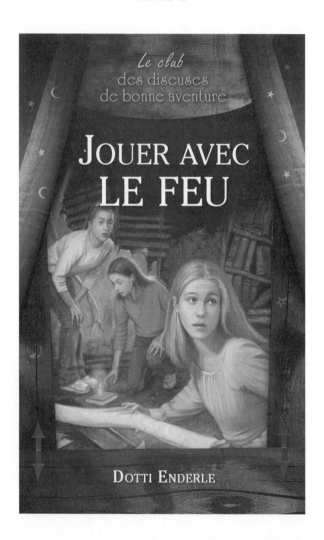

Le club
des discuses
de bonne aventure

JOUER AVEC
LE FEU

DOTTI ENDERLE

Jouer avec le feu

Deuxième livre de la série
du Club des diseuses de bonne aventure

TROP CHAUD

L'été est terminé et c'est le retour en classe pour Anne, douze ans, et ses amies, Juniper et Gena. Depuis deux ans, elles sont de fières membres du Club des diseuses de bonne aventure, qui utilisent la cartomancie et la perception extrasensorielle pour prédire l'avenir et même résoudre des mystères.

Anne, la meneuse de claque, a le béguin pour Éric, le meilleur et le plus mignon des joueurs de football de l'école secondaire Avery. Cependant, il y a un pépin — elle ne sait pas si cela est réciproque. Il est temps pour les filles de se tourner vers les cartes de tarot pour aider Anne à le découvrir.

Toutefois, tandis que l'histoire d'amour semble prometteuse, la situation s'enflamme… littéralement ! Une série d'incendies mystérieux laisse tout le monde perplexe. Sans indices sur l'origine des brasiers, même le service d'incendie n'y comprend plus rien.

Quelqu'un de l'école aurait-il un don de pyrokinésie — la capacité de mettre le feu juste à y penser ? Leur don de divination résoudra-t-il ce brûlant mystère ou est-ce un dossier trop chaud pour le Club des diseuses de bonne aventure ?

Pour obtenir une copie
de notre catalogue,
communiquez avec :
AdA
1385, boul. Lionel-Boulet
Varennes, Québec
J3X 1P7
Téléc : (450) 929-0220
info@ada-inc.com
www.ada-inc.com

Pour l'Europe, voici les coordonnées :
France : D.G. Diffusion Tél. : 05.61.00.09.99
Belgique : D.G. Diffusion Tél. : 05.61.00.09.99
Suisse : Transat Tél. : 23.42.77.40